W0305765

POURVU QUE MES MAINS
S'EN SOUVIENNENT

Quentin Ebrard

Pourvu que mes mains s'en souviennent

roman

belfond

© Belfond, 2023.
Conception graphique de la couverture : look Specific, Jad Hussein

Belfond | un département **place des éditeurs**

place
des
éditeurs

Ici, j'oublie tout, absolument tout.

La date du jour. Mes envies et mes rêves. Le visage de mes parents s'efface, celui de mes amis aussi. Dans ma bouche, la nourriture devient cendre. Ma fureur de vivre s'éteint et avec elle l'amour, l'espoir et la joie. Ces souvenirs lointains, que je poursuis tel un mirage, m'aident à ne pas défaillir, à me rappeler pourquoi j'ai pris ma décision : je dois fuir. Sinon cet endroit me tuera à petit feu, il a déjà tué tous les autres. C'est certain. Tous ont renoncé ici... Tous ont disparu dans le silence morbide de ce trou à rats.

*

Vers deux heures du matin, je m'approche de la fenêtre. Cette fois, je mets un coussin contre la vitre, c'est Simon qui m'a appris. Je prends un gros caillou. Je frappe, je frappe encore. Il faut faire vite. Le coton a beau étouffer les bruits, des morceaux de verre tombent. Zut ! On pourrait m'entendre…

Je retourne à mon lit et saisis ma couette. Je me hisse sur le rebord et reprends mon souffle, les jambes dans le vide, contemplant le sol un étage plus bas. L'air frais me mord la peau, qui frissonne sous ma chemise de nuit rose. Du bout des doigts, je triture mon pin's en forme d'avion.

Je saute enfin.

Par chance, je ne me casse rien ; même pas de cheville tordue.

Dehors, je ne vois pas grand-chose. Le ciel est noir comme la mort. Aucun lampadaire à l'horizon. Rien. Juste les vagues et le ressac qui grondent au loin contre la falaise, l'éternel ressac. Quelques grillons chantent aussi parmi les hautes herbes et les champs de tournesols. Personne ne constatera ma disparition avant le petit déjeuner. Tous dorment à cette heure. Ils ne me rattraperont jamais.

Mes yeux s'habituent à l'obscurité.

Dans un silence électrique, je traverse le parking où stationnent de rares voitures. Un cri aigu fend mes oreilles. Je sursaute, craignant d'être démasquée. Une chouette s'envole. Elle hulule une seconde fois. J'y vois un bon présage.

« Je suis... libre... comme toi désormais », lui dis-je en souriant.

Sans regret, je quitte le château et sa silhouette effrayante dans la nuit. Cette prison ne me manquera pas. Je regretterai certains camarades peut-être... Juliette... Simon aussi... Oh ! je sais très bien ce que ces deux-là attendent de moi, chacun à sa manière, mais ils sont gentils, contrairement aux autres, tous ces idiots dont je ne me souviens déjà plus.

Sur la route, je m'enfuis. Dans mon sac d'écolière, j'ai gardé quelques provisions volées à la cantine hier matin : une barre de céréales au chocolat écrasée, une brique de jus d'orange tiède et une banane noircie.

Les paysages défilent au ralenti. Je traverse les champs monotones, balayés par les vents. Peu à peu, le bruit de la mer s'éloigne. Sur l'asphalte, je cours comme une dingue. De la sueur coule sur mon front et je rejette mes longs cheveux châtains en arrière. Le goudron pique ma voûte plantaire et des bobos me brûlent, mais je ne m'arrête pas, plutôt mourir que d'y retourner.

Cet endroit me tue à petit feu.

Je halète dans un étrange mélange d'excitation, de peur et de fatigue, d'espoir et de sommeil, somnambule de ma propre vie. Il faut marcher encore… Est-ce réel ? Je me demande ce qu'il y a au bout de cette route… Peut-être une gare et un train, avec un chef de station qui me montrera comment rentrer chez mes parents. Peut-être un bus pour m'emmener loin, loin. Mais je n'ai pas d'argent. J'ignore tout du monde du dehors. Il me tarde de retrouver les miens.

Un panneau apparaît, m'indiquant une ville dont je ne parviens pas à déchiffrer le nom. Je lis seulement la distance, onze kilomètres. Au château, ça les étonne tous que je sache lire. Ils répètent souvent : « Louise a de la volonté », « Elle parle très bien pour son âge » ou encore « Elle a plein d'idées, c'est admirable ». Moi, je les trouve pitoyables. C'est normal de savoir lire à mon âge. Mon père m'a appris.

Cet endroit me tue à petit feu. Les cachets violets qu'ils donnent m'abrutissent. À cause de ce poison, j'oublie tout : les murs, les esprits, les conversations, les souvenirs et le temps. C'est certain. Les autres ont renoncé ici… Tous ont disparu dans le silence morbide de ce trou à rats. Pas moi ! Voilà pourquoi je dois franchir onze kilomètres et m'évader : pour ne pas finir comme eux. Combien de foulées avant d'y arriver ? Je l'ignore et accélère, la mort aux trousses. Je me retourne souvent vers le château, plus petit mais toujours là. Je reconnais chaque ligne et chaque courbure de son ombre.

Tout à coup, au loin, des lumières s'allument dans l'aile ouest où dorment les moniteurs. L'aile interdite. Moi, je les appelle les monos, quoique matons serait plus approprié. Oh non ! Ils sont déjà réveillés… À ma montre, il est trois heures du matin. Qui a vendu la mèche ? Sûrement Juliette ! Elle s'inquiète toujours pour moi. Je n'aurais pas dû lui dire adieu. Si elle veut mourir là-bas, c'est son problème. Je suis furieuse.

Le bruit d'une portière claque, puis un moteur s'allume. J'accélère, malgré des douleurs toujours plus vives aux pieds.

Ils me cherchent.

Des phares blancs balaient la zone ainsi que des lampes torches. Le bruit de moteur se rapproche. Dans quelques minutes, mes poursuivants seront à mon niveau.

On crie mon prénom.

Je dois me cacher. C'est ma seule chance de ne pas y retourner.

Je quitte la route et m'enfonce dans le champ de tournesols. À même la terre sèche et les cailloux, le sol pique plus encore. Je m'accroupis tout près de la chaussée, derrière deux rangées de plantes épaisses et hautes.

Les monos passeront peut-être sans me voir…

Ils tardent à arriver ; cette attente me donne faim. J'ouvre mon sac à dos et mange la barre chocolatée et la banane noircie. Je jette mes déchets par terre, puis perce la brique de jus d'orange avec sa paille. Je bois le liquide tiède, sentant mes forces et mon courage revenir.

La voiture approche.

C'est une voiture blanche. Cachée au ras du sol, j'observe son châssis encrassé. Ils ralentissent. Je continue à boire du jus. Le sucre me rassure.

Ils ne me trouvent pas.

Zut ! La voiture s'immobilise près de ma cachette… M'ont-ils vue m'enfoncer dans le champ ? Je ne crois pas. J'arrête de boire mais mordille nerveusement la paille restée entre mes lèvres.

Un homme descend et allume une cigarette, dont la lueur rouge éclaire sa moustache noire et son front plissé.

« Louise ! hurle-t-il à pleins poumons. J'sais que t'es ici... Sors et on en reste là ! »

Je le reconnais : c'est Joël, le plus terrible des monos. Il bluffe et me punira. C'est certain... Je dois maîtriser ma respiration, me calmer, attendre et ne pas trahir ma cachette.

Dans la voiture, une femme aux cheveux blonds et frisés descend la vitre. C'est la directrice du château.

« Alors, tu l'as trouvée ? glousse-t-elle.

— Pas de quoi rire ! s'écrie Joël. Toujours qu'elle se tire quand j'suis de nuit. »

Je reste immobile, presque sans respirer. Elle le rejoint dehors.

« Et si on le faisait vite fait pour se détendre ?

— M'dame Stéphanie », murmure-t-il en l'embrassant.

Euh... Qu'est-ce qu'ils fabriquent ? Joël jette par terre sa cigarette. La directrice soulève sa jupe et met ses deux mains sur le capot de la voiture. Il se place derrière elle, essoufflé comme un bœuf, et baisse son pantalon. Accroupie, j'ai une vue imprenable sur ses fesses poilues et sur deux sortes de kiwis qui ballottent entre ses jambes au gré des à-coups. Entre les gros mots et leurs gémissements, j'ai envie de vomir et j'en tire la langue. Heureusement, le spectacle ne dure pas longtemps.

Transpirant, Joël remonte son pantalon après un râle.

« Louise ! vocifère-t-il. R'mène-toi, maintenant. Y en a marre de tes conneries ! »

La directrice réajuste sa jupe et souffle, un peu déçue. Ils remontent dans la voiture. De mon côté, je me détends et bois du jus d'orange à la paille en guise de récompense, ce qui fait un grand *slurp* dans la nuit silencieuse. Comment une si petite brique peut faire autant de bruit ? J'en perds l'équilibre et tombe par terre. Des herbes sèches craquent, alors qu'ils allaient partir. Quelle idiote !

« Tiens, tiens… »

Joël ressort, s'approche de ma cachette et quadrille la zone avec le faisceau de sa lampe torche. Dans la voiture, la directrice pianote sur son téléphone portable. Le mono fait un pas dans le champ, puis deux, puis trois. Il n'est plus qu'à quelques mètres de moi.

« Alors ? » crie-t-elle sans détourner les yeux de son écran.

Je sens l'odeur écœurante du tabac froid.

« J'sais que t'es là », murmure Joël.

Soudain, je croise son regard noir et effrayant. Il scrute dans ma direction. Je panique, me lève avec difficulté et trottine. Mes genoux me font souffrir.

Il me poursuit aussi sec. Les tournesols me fouettent les bras. Mes pieds nus s'enfoncent dans le sol poussiéreux. Juste derrière moi, Joël souffle comme une bête à l'approche, il va m'attraper. Je ne suis pas assez rapide et lui est si fort. Quand il plaque sa main sur mon épaule, je m'arrête tout net.

Ainsi se termine ma cavale.

Je suis tétanisée, perdue, prête à me faire gronder ou gifler, mais il se contente de me ramener vers la route par la main.

« Elle est dans un sale état », commente la directrice devant mes pieds en sang.

Nous montons dans la voiture ; moi à l'arrière, eux à l'avant. Ils verrouillent le loquet de sécurité et démarrent.

« C'est pas une vie, maugrée Joël.

— Non, je ne voudrais être à sa place pour rien au monde. »

Ils se comportent comme si je n'étais pas là, comme si je n'existais pas. C'est l'une des raisons pour lesquelles je me suis enfuie. Je ne veux pas y retourner et me mets à pleurer de colère.

« T'vas te taire ! hurle-t-il en tendant le plat de la main en l'air. Sinon, j'm'occupe de ton cas.

— Arrête, s'interpose la directrice. Ne laisse aucune trace, jamais. »

La voiture roule jusqu'au parking. Le château m'encercle, plus glaçant encore qu'avant mon départ. J'avais vraiment cru les quitter, lui et son atmosphère étouffante qui me prend à la gorge aussitôt. Le bâtiment, austère, s'élève sur quatre étages. Il dispose de plusieurs ailes, d'un immense hangar et de dépendances. Son toit est gris et très pentu. Il n'y a pas de barreaux aux fenêtres, mais c'est tout comme. Nous sommes entourés par la mer et les falaises d'un côté, par des champs à perte de vue de l'autre. Je viens d'en faire la terrible expérience. Je sanglote, plus doucement :

« Je veux… mes parents…

— Quelle gamine, marmonne Joël.

— J'en peux plus… de cette colonie… de vacances. »

Dans la cantine, un brouhaha éternel résonne de rires et de bla-bla. Des fourchettes tintent contre les assiettes. L'odeur de pain chaud caresse mes papilles. J'en croque un morceau. Quelle déception…

Sur une table, je pose mon plateau-repas et m'assois à côté d'un garçon qui porte une chemise orange et une étiquette au poignet indiquant son prénom : Simon.

« Ah, la plus belle est là ! » s'exclame-t-il en m'adressant un clin d'œil.

Je ne réponds pas et observe les alentours. Une fille roule de la mie de pain entre ses doigts, la dépose avec soin sur sa cuillère, puis l'éjecte sur un de ses voisins qui réplique aussitôt. Je m'esclaffe. Les monos accourent et arrêtent la bataille à coups de « au coin » et de privation de sorties à la plage. Plus loin, une tablée bruyante joue à un jeu étrange… Tous crient en même temps « pot d'eau », en posant les mains sur une carafe en métal. Le plus lent, ayant perdu, se lève en râlant pour la remplir d'eau au robinet, sous les sifflets de ses camarades. J'entends des pleurs aussi, plus discrets. Dans un coin, la directrice mange seule avec son téléphone portable. Tous l'appellent « Mme Stéphanie ». Elle semble hors d'atteinte, exilée dans la stratosphère des problèmes qu'elle gère au quotidien sur son petit écran.

L'air de rien, Simon se penche vers moi, les yeux fermés et la bouche en cœur.

« Allez, juste un ! me supplie-t-il.

— Non… Je te ferai pas de bisous ! dis-je en le repoussant des deux mains.

— Pourquoi ?

— C'est… dégoûtant ! »

Il s'arrête enfin.

« Dommage. Eh, tu sais pas ce que tu rates.

— Sans doute.

— Dis, je peux manger ton yaourt sinon ?

— Non plus…

— Je te signale que tu n'aimes pas ça. »

Agacée, j'éloigne mon dessert de ce polisson et lève le nez en l'air pour lui signifier tout mon dédain.

Il fixe le yaourt un long moment avec envie, histoire de dire qu'il ne renoncera pas aussi facilement.

Comment peut-il rester si enthousiaste ? Dans mon assiette, il y a des brocolis cuits à l'eau, un filet de poulet sec et quelques pommes de terre vapeur. Dans une assiette plus petite trempe aussi un fruit orange, en forme de croissant de lune, assez sucré, servi matin, midi et soir depuis le retour des beaux jours.

« Ras-le-bol, de ce truc...

— Le melon ? C'est trop bon ! s'exclame Simon, outré, qui saisit mon assiette pour gober le fruit. Tu sais, je...

— Vos gueules, les amoureux ! » crie Joël dans mon dos.

Je sursaute. Comme un ninja, le mono a slalomé entre les tables pour nous sermonner, les mains derrière le dos, silencieux et les yeux plissés. Rien ne lui échappe ! Je le déteste plus que tous les autres. Je ne sais pas pourquoi... Peut-être à cause de ses grosses mains... Elles peuvent vous bloquer contre un mur comme un rien ou vous mettre des taloches comme s'il en pleuvait. Peut-être est-ce son élégance froide : toujours bien habillé, en blanc, il plaît aux monitrices, à la directrice aussi... Moi, je le trouve effrayant avec sa petite moustache brune et bien taillée.

Allez comprendre les grandes personnes.

Cet univers m'embarrasse et je ne saurais dire pourquoi. Des peintures vives colorent les murs. Du rouge pétard, du jaune fluo, du rose bonbon, du violet pailleté. L'œuvre encore fraîche de mes petits camarades.

Une télévision diffuse le journal de treize heures.

De grandes fenêtres illuminent la cantine d'une lueur claire, presque angélique. Au loin, on voit la route et la mer par-delà les falaises. Ce paysage pourrait être apaisant sans les horreurs et les mystères qui se déroulent dans le vase clos du château.

Malgré mon jeune âge, je me sens lasse.

J'aimerais me laisser aller, m'abandonner, mais je ne peux pas. Mes parents m'attendent, là-bas, de l'autre côté de la route. Je dois les rejoindre. Chaque seconde passée ici est une perte de temps et d'amour inconsolable.

*

Soudain, une fille s'installe en face de moi. Très grande et solidement charpentée, elle semble disproportionnée par rapport à la chaise sur laquelle elle s'assoit. Elle me fixe en mangeant une pomme, les coudes sur la table.

Je lui demande, agacée :

« Qu'est-ce que tu me veux, toi ?

— C'est moi, Juliette ! Ta copine Juliette !

— Je te cause pas... Je te connais pas... »

Ses yeux rougissent, annonçant des larmes.

« Pardonne-moi pour hier soir, se lamente-t-elle. Pardonne-moi. »

Elle pleurniche comme un bébé. Je n'ai pas le temps pour ces chouineries. Je veux m'en sortir, moi, je ne subis pas la vie, je l'affronte et j'ai des projets, des envies et des rêves. Nous ne sommes pas faites du même bois, elle n'est clairement pas ma copine.

J'ouvre mon yaourt, préférant ignorer ses jérémiades. Des petits morceaux violets baignent dans le laitage.

« C'est quoi, ça ? Ils veulent m'empoisonner ! »

Je les enlève un à un avec les doigts et râle pour évacuer mon angoisse. Puis j'engloutis une cuillerée purgée de ces cochonneries violettes.

« Beurk... Beurk... »

Simon, hilare, revient à la charge :

« Eh, je t'avais prévenue ! Tu n'aimes pas les figues.

— De la figue ? Pff ! C'est leurs satanées pilules, oui. Ils essaient de m'en faire ingurgiter par tous les moyens. Ça rend bête, calme, comme un veau ; sans mémoire ni volonté. Beurk... Beurk...

— N'importe quoi. Tu me le donnes, alors ?

— Tu es naïf ! Contre quoi ? lui dis-je.

— Tout ce que tu veux, pardi !

— OK... Tiens, prends mes restes. On en reparle plus tard. »

Simon se jette sur mon assiette comme un chien. Ici, beaucoup se comportent ainsi, docilement. Ça me débecte ! Ils se contentent de leur situation, se laissent vivre au jour le jour, sans se révolter contre une captivité intolérable. Comme des chiens, c'est le mot ; leurs journées sont minutées, rythmées par les sorties, le lit et la gamelle.

Je lui fais un grand sourire charmeur et calculé, qu'il me rend sous la forme d'un clin d'œil. Quel dragueur ! Moi, je ne le trouve pas beau, avec ses yeux verts cernés et écarquillés, son teint jaune, sa voix rocailleuse et ses cheveux en pétard. Au moins, il sait bricoler... Je vais avoir besoin de son talent.

De son côté, Juliette sanglote toujours, son visage entre ses mains.

« Je suis infâme ! Pardonne-moi. Je suis infâme ! Je ne mérite pas de vivre.

— Oui, tu peux quitter la table. Tu ne manqueras à personne...

— Je t'ai dénoncée hier soir. C'est moi ! »

Joël se glisse derrière notre table, souffle un grand « Vos gueules » derrière nos oreilles, puis frappe mon crâne avec un journal enroulé entre ses mains. Je me tais pour avoir la paix, mais bouillonne intérieurement.

Juliette chuchote d'une voix tremblante :

« Je ne voulais pas que tu partes. Ah, ça non ! Je voulais que tu restes encore un peu, au moins jusqu'à la fin de l'été. Après tu pourras t'enfuir, mais après l'été seulement… On s'amuse bien ensemble ? Non ? Qu'est-ce que je vais devenir sans toi ? »

Je ne réponds pas : cause toujours, tu m'intéresses.

« Joël a menacé de confisquer mon chat si je ne lui expliquais pas ce que tu mijotais, continue-t-elle. Tu te rends compte ?

— J'ignorais qu'on pouvait avoir des animaux… dis-je, blasée.

— Mais si ! Tu as déjà vu mon chat. Tu sais, je l'aime, je ne veux pas qu'il souffre… C'est un siamois, très beau, un mâle avec des yeux bleus. Il miaule beaucoup, on dirait qu'il discute. Mon chat me parle bien plus que toutes les personnes ici, plus que toi en ce moment même. Il me suit partout dans ma chambre. Ça me fait du bien. C'est mon meilleur ami. Enfin, non… Pardon ! Ma meilleure amie, c'est toi, évidemment. Mais chez les garçons, c'est lui sans aucun doute… Les garçons sont trop bêtes.

— Ça, c'est sûr ! j'acquiesce en hochant la tête.

— On a toujours été d'accord ! Ils ne pensent qu'à soulever nos jupes. »

Je glousse. Elle est sympa, en fait.

« Les félins, c'est pas pareil, reprend-elle. Mon chat m'aime. Il ronronne en ma présence, il ne me demande rien à part un peu de pâtée et des caresses. Je suis si seule, tu sais, si seule. Je veux plus qu'on se dispute. On fait la paix ? Hein ! »

Je la regarde avec un peu de pitié. Joël est vraiment un salaud. Il l'a menacée, et moi, il m'effraie. Au fond, nous sommes toutes les deux ses victimes.

Durant quelques secondes, mon attention se détourne vers les grandes fenêtres de la cantine. La lumière blanche m'éblouit. Le silence... Qu'est-ce que c'est ? Le calme... Qu'est-ce que je fais là ? Je me sens lasse, si lasse.

Je reporte mon attention vers ma voisine qui attend ma réponse et lui dis :

« Dis donc, toi, tu es hyper-grande pour une fille... On dirait un poteau... »

Elle éclate en sanglots tandis que je ricane.

*

La cantine se vide peu à peu. Le brouhaha diminue : on peut enfin entendre les sons et les voix provenant de la télévision, où les images s'enchaînent à toute vitesse. Des gens s'amusent bien de l'autre côté de l'écran, dehors. Bientôt, je serai avec eux, parmi les vivants qui rient, discutent et chantent. Là-bas, le monde a l'air si coloré et joyeux, comme quand nous partions en vacances avec mes parents… Ils me manquent tellement. Pourquoi ne viennent-ils pas me chercher ? Je préfère ne pas y penser. Ça me chagrine et me détourne de mon nouveau plan.

Assise en retrait, les mains sur le ventre, je digère dans un état de somnolence avancé, quand quatre filles un peu boulottes approchent. En tête, l'une d'elles mène le groupe, en fauteuil roulant, avec une jambe dans le plâtre. Ses yeux vifs me fixent.

Je pense à voix haute :

« Qu'est-ce qu'elles me veulent, celles-là ? Avec leurs grosses fesses… »

En face de moi, Juliette renifle et sourit.

« On est à nouveau copines ? »

Je n'ai pas le temps de l'envoyer promener. Avec de mauvais sourires, la bande de filles s'arrête à notre niveau.

« Bien le bonjour, les gagas ! lance la fille handicapée d'un accent pointu et courtois. Comment ça va aujourd'hui ? »

Ses trois copines pouffent derrière elle.

« Salut… les grosses fesses ! »

Ma pique fait mouche, les pachydermes rougissent de colère.

« Je m'appelle Sonia ! Essaie de t'en souvenir, dit-elle en retenant un sourire ironique. Peu importe… Je ne viens pas pour me disputer avec toi, ma chère, mais pour savoir : as-tu encore réveillé Joël cette nuit ?

— De quoi tu parles ?

— Je m'en doutais. Écoute, je te demande une faveur : arrête tes évasions. Stop ! Tu vas te blesser un jour, ou mal finir.

— C'est toi qui vas mal finir avec autant de graisse. Faut penser à ta santé… »

Une lueur de haine passe dans ses yeux. Juliette s'interpose pour me protéger.

« Laisse-la tranquille !

— Hé, la pleureuse ! Je ne t'ai pas adressé la parole ! la coupe Sonia. En tant que déléguée, il est de ma responsabilité d'agir. Nous sommes tous dans le même bateau, malheureusement. »

Puis se retournant vers moi :

« Tu épuises tout le monde, et en premier lieu Joël. Il n'a pas beaucoup dormi par ta faute, il est contrarié et nous subissons son humeur. Tu as remarqué comme il était exécrable durant le repas ? »

Un silence s'installe. Elle insiste d'un ton plus conciliant :

« Arrête ce petit jeu, ou ils vont t'envoyer en enfer ! »

Des menaces, maintenant ? Je sors de mes gonds. Après tout, qui est-elle pour me dire quoi faire ?

« Non, je n'arrêterai jamais. Jamais ! Tu te vends pour un hochet de déléguée, une vraie collabo !

— Il n'y a pas d'alternative, me répond-elle. Mieux vaut participer au pouvoir que de le subir.

— Traîtresse ! Dans cette colonie, on est parqués et distraits comme des prisonniers qu'on veut empêcher de penser et de réfléchir. Je refuse leur autorité.

— Tu devrais venir au club de philosophie ou de cinéma pour en discuter ! Quoi qu'il en soit, si tu continues à contrarier Joël, je m'occuperai de ton cas personnellement. L'équilibre de notre communauté est en jeu. Enfonce-toi bien ça dans le crâne : ici, c'est le groupe d'abord, l'individu ensuite ! »

Dans son fauteuil roulant, Sonia pivote et s'éloigne lentement. Ses trois copines me fixent quelques secondes, pour donner plus d'intensité au message de leur chef, puis s'en vont aussi, le menton en l'air.

La tentation est trop forte : je ne peux pas résister. Du bout du pied, je soulève une chaise près de moi et la renverse. Cette dernière tombe avec fracas devant Sonia qui, s'y heurtant, se retrouve immobilisée. Ses roues sont bloquées. Ses trois copines se précipitent pour la sortir de cette situation embarrassante, juste sous mes yeux. Je ris à gorge déployée.

Elle me lance un regard noir.

« Je me vengerai, Louise. Je me vengerai ! »

Je me moque bien de ses menaces. Bientôt, je ne serai plus là. Personne ne me rattrapera. Cette impotente ne me détournera pas de mon chemin.

« Oh là là ! Saleté de Sonia ! » rouspète Simon entre ses dents.

Je ne réponds pas, je ne veux pas perdre d'énergie. Ici, tout le monde s'ennuie et se chamaille pour un rien. L'atmosphère, pesante, se décharge comme ça de son électricité. Cela ne m'intéresse pas. Je dois rester concentrée, sans me laisser distraire de mon projet.

Je regarde le ciel éblouissant par la fenêtre. Des nuages cotonneux défilent à toute allure. Pourquoi n'y ai-je pas songé plus tôt ? Le vent souffle toujours fort sur les falaises.

Avec mon croquis et un peu d'aide, je réussirai cette fois.

La sortie à la plage commence à quatorze heures. C'est le moment idéal pour agir. Je détache mon croquis du mur, accroché à la Patafix, et le plie entre mon dos et ma ceinture. Ce bout de papier changera ma vie. Pourquoi ne m'en suis-je pas servie plus tôt ? Il devient mon espoir, mon rêve, ma folie. À partir d'aujourd'hui, je ne vivrai que pour lui, car il me mènera loin d'ici.

Je quitte ma chambre et rejoins les autres dehors.

*

« Quatre kilomètres à pied, ça use, ça use… Quatre kilomètres à pied, ça use les souliers. » Deux par deux, main dans la main, nous marchons vers la mer en chantant. Je forme un binôme subi avec Juliette, qui chantonne d'une voix tremblante sans vraiment connaître les paroles. Elle susurre plutôt comme par peur d'exister, elle me fait pitié autant qu'elle m'agace. Je préférerais être avec n'importe qui d'autre, mais pas le choix... Cette grande perche aux mains moites ne s'intègre pas bien au groupe. Personne n'a voulu d'elle comme camarade. Tous craignent d'être contaminés par sa tristesse. Moi, je ne redoute pas les larmes de cette traîtresse.

Devant nous, Simon se retourne et me lance des clins d'œil. Je l'ignore royalement, j'ai la tête ailleurs, à mon croquis.

Les chansons s'enchaînent, de mieux en mieux : « C'est à bâbord qu'on gueule, qu'on gueule... c'est à bâbord qu'on gueule le plus fort. » Nous sommes une vingtaine. Le silence de mon chez-moi me manque. Au moins, avec ces joyeux lurons, je m'éclipserai sans être remarquée. Ce ne sera pas facile : les monos veillent au grain. En tête, Joël mène le cortège tandis que la directrice ferme la marche.

J'attends le meilleur moment pour leur faire faux bond.

Le roulis des vagues se rapproche. Quelques mouettes survolent la plage. Je les contemple avec envie. Sur la route, un minibus passe près de nous, transportant ceux qui ne sont plus en état de marcher. À l'intérieur, je reconnais Sonia, la reine des impotentes. Depuis la chaussée, je lui tire la langue ; elle répond à ma grimace en collant son nez contre la vitre teintée.

Nous arrivons à la plage. Sur le rivage, des chaises longues nous attendent. Je m'allonge et contemple la mer, si belle que plus personne ne chante. Enfin… quel soulagement ! Je glisse mes pieds dans le sable chaud. Le contact du dessin contre moi m'est plus agréable encore : il frotte ma peau avec un doux frou-frou. Son papier rêche me grise et j'ai hâte de l'ouvrir, tout là-haut.

« Tu es bien souriante ! s'étonne Juliette.

— L'espoir. L'espoir me donne… des ailes. »

J'attends surtout que Joël s'endorme, ce qui ne saurait tarder. Il lit son journal sur une chaise longue, luttant pour nous surveiller. Il n'a toujours pas récupéré de notre petit cache-cache de l'autre nuit. Ses paupières tombent, se ferment quelques secondes, puis s'ouvrent en un sursaut. Je patiente encore. Plus loin, les pieds dans l'eau, la directrice passe un appel, les écouteurs dans les oreilles ; aucun risque d'être repérée par elle.

Joël finit par s'endormir.

L'air de rien, je me lève, m'étire et recule de quelques pas. J'observe l'horizon, le mono qui dort, les vagues, la directrice au téléphone, et m'éloigne un peu plus. Un dernier coup d'œil inquiet derrière moi, et je m'échappe. J'ai deux petites heures avant de revenir, ni vu ni connu.

Soudain, Juliette crie :

« Louise ! Louise ! Qu'est-ce que tu fais ? Attends-moi. »

Zut ! Cette saleté va tout faire capoter. Je me retourne, l'index sur la bouche ; elle m'imite et me rejoint sur la pointe des pieds.

« S'il te plaît, je peux venir avec toi ? chuchote-t-elle. S'il te plaît !

— Non… Va-t'en ! »

Ses gémissements de déception attirent déjà l'attention sur nous. Je panique : Joël sursaute, entrouvre les yeux mais se rendort… C'était moins une. J'abandonne dans l'urgence :

« OK, suis-moi… Sans un bruit ! »

J'en ai marre de traîner ce boulet. Furax, je quitte la plage et attaque d'un pas ferme la montée. Mes pieds écrasent l'herbe verte et grasse jusqu'au sommet de la falaise. Derrière moi, ravie, Juliette transpire et répète comme un disque rayé :

« Ça grimpe… C'est dur ! Ça grimpe ! Je n'étais jamais allée aussi haut. Qu'est-ce qu'on fait là ? »

Seuls les rafales de vent et le fracas de la mer contre les rochers lui répondent.

*

Nous arrivons sur le plateau, dans une petite prairie parsemée de coquelicots et de roses trémières. Je reprends mon souffle, en sueur ; à l'agonie, Juliette tombe à genoux. Je me penche au bord de la falaise qui plonge à pic. Une centaine de mètres plus bas, les vagues semblent minuscules, blanches, fines ondes caressant le rivage. Au loin, sur la plage, les autres lézardent toujours sur leurs chaises longues. Certains jouent dans l'eau, avec mollesse, on dirait des petites bouées flottant dans l'océan. Contrairement à eux, je n'ai pas de temps à perdre.

« Qu'est-ce que tu fais, dis ? demande Juliette en se relevant, la bave aux lèvres. Allez, dis-moi !

— C'est mon secret. Tu vas encore me dénoncer… si je t'en parle.

— Non, plus jamais ! J'ai trop peur de ne plus être ta copine. »

Comment la croire ? À mes yeux, elle a perdu toute crédibilité. Pourtant, je ne peux pas m'en empêcher, je sors le croquis plié entre mon dos et ma ceinture. Le papier colle un peu mais reste léger, aussi léger que ce qu'il me permettra de devenir… Je le déplie pour admirer la beauté de ce croquis.

Juliette se place derrière mon épaule pour essayer de voir.

« Qu'est-ce que c'est ? Qu'est-ce que c'est ? »

Je lui tourne le dos.

« Tu vas encore t'enfuir, hein ? se lamente-t-elle. À quoi bon ? »

Je lui jette un regard noir.

« Tu me demandes à quoi bon ?

— Ne... ne t'énerve pas ! gémit-elle. Je t'en prie... Je t'en prie ! Je dis juste qu'il vaut mieux accepter sa situation, la fatalité, et profiter de la vie qui est si courte. »

Je marque un silence, pesant mes mots avec soin.

« Ta famille t'a abandonnée... Voilà pourquoi tu t'es résignée !

— Ils n'avaient pas le choix, répond Juliette avec calme. C'était plus simple pour eux, tu sais. »

Je ne veux pas lui causer plus de peine ; ma situation n'a rien à voir avec la sienne. Nous avons déjà eu cette discussion : personne ne l'attend dehors. Moi, mes parents me recherchent, espèrent mon retour, me pleurent sûrement et ignorent où je suis retenue. Jamais ils ne m'auraient abandonnée de leur plein gré.

Mon père est un industriel renommé, un éminent constructeur d'avions. Je ne veux pas paraître indécente, mais il est richissime. Beaucoup en ont après son argent. Il me répétait : « Ma plus grande peur, ma chérie, c'est qu'il t'arrive un malheur et qu'on t'enlève contre une rançon. Ne monte jamais dans la voiture d'un inconnu. Cours te réfugier dans un magasin. Tu m'entends ? » Je ne pensais pas que ses avertissements seraient si prophétiques. Papa a toujours veillé sur moi, mais sa vigilance n'a pas suffi à me protéger.

*

Un soir, je sortais... Peut-être étais-je encore devant l'entrée de chez moi. Qu'est-ce que je faisais seule aussi tard ? Je ne me rappelle plus les détails... Des méchants m'ont kidnappée. Tout est allé si vite ! Je me suis débattue, j'ai crié, mais personne n'est venu. De nos jours, entre voisins, on ne se connaît plus, on ne s'aide plus, c'est à peine si on se dit bonjour en se croisant dans la cage d'escalier.

Je me souviens d'une lumière bleue qui tournoyait contre les murs.

Je me souviens aussi d'une femme mystérieuse. Les mains derrière le dos, elle observait la scène en retrait : elle devait être la commanditaire de mon enlèvement. Je n'ai pas eu le temps de voir son visage... Je l'ai insultée. J'ai juste aperçu des cheveux châtains et des taches de rousseur. C'est tout ce dont je me souviens.

Comme je résistais, ils ont dû me droguer. Je me suis endormie quand ils m'embarquaient dans une camionnette. Au matin, je me suis réveillée dans la chambre dans laquelle j'habite depuis, dans ce château de malheur.

*

Je ne sais pas qui sont mes ravisseurs, mais j'ai appris à connaître les petits exécutants : la directrice de la colonie et son âme damnée Joël, les autres monos… Je pense que ces larbins menacent ma famille et ont demandé une rançon. Mais comment en être certaine ? Tous les jours, je rumine cette histoire sans parvenir à trouver les réponses… Ce n'est pas une vie de douter en permanence.

Une chose est sûre en revanche : je suis la seule à avoir été enlevée. La plupart vivent ici par choix. Ils disent : « Ici, c'est comme une colonie de vacances », « On se repose, au moins… les pieds sous la table », ou encore « C'est mieux qu'à la maison ».

Je suis perdue parmi ces fous !

Comment ont-ils pu se résigner à vivre dans ce trou à rats ? Tant de dangers nous guettent…

Des choses inexplicables se déroulent entre ces murs de pierre, et je suis la seule lucide. Dans l'indifférence, les gens meurent ici bien plus qu'ailleurs. On les enterre à la sauvette, tels des parias ou des animaux. Au petit déjeuner, nous faisons comme si rien ne s'était passé, comme s'ils n'avaient jamais existé. Parfois, personne ne vient les voir ni ne les pleure. Ils disparaissent et c'est tout. Certains disent qu'ils partent ailleurs. D'autres qu'ils sont morts. Qui croire ? Des prénoms... Je n'en ai aucun en tête. Pourtant, de doux visages reviennent me hanter par dizaines : ils me poursuivent jusque dans mes cauchemars... J'ai oublié les prénoms de tous ces disparus, tant ils sont nombreux. La faute à cet air vicié, à cette nourriture empoisonnée et aux drogues qu'ils nous donnent pour avoir la paix. Elles détruisent mes capacités. Ces visages sont autant de fantômes qui viennent me rendre visite la nuit dans ma chambre.

Je perds toute notion du temps. Souvent, j'ai l'impression que je suis dans l'Île aux Plaisirs, le parc d'attractions du dessin animé *Pinocchio*, et que je vais me transformer en âne. Les autres enfants le méritent peut-être... Juliette et Sonia sans aucun doute. Mais moi, j'ai rien fait ! J'ai été sage à l'école. Je faisais mes devoirs, j'étais bonne élève, très forte en sciences, avec des prédispositions « hors norme » pour les mathématiques et la physique. C'est ce que disaient mes professeurs. Ils m'ont même fait sauter une classe.

Papa était si fier. En ce moment, il doit remuer ciel et terre pour me sortir de ce cloaque. Mes parents m'aiment tellement, ils vont me retrouver. Lorsque ce jour arrivera, maman me préparera un gâteau – j'en suis certaine –, un fondant au chocolat, moelleux, comme elle m'en faisait souvent. Je serai prête, avec ma petite valise. Et si je rentrais au château pour me préparer ? Je ne dois pas rater ça. Oui, je vais rentrer et m'apprêter...

Tout à coup, je m'éloigne à pied en direction du château. Juliette s'étonne :

« Qu'est-ce que tu fais ? »

Je sursaute et regarde le croquis toujours entre mes mains... Et tout me revient. Mais non, suis-je bête... Ils ne me retrouveront jamais ! J'en oubliais presque pourquoi je suis montée si haut sur la falaise. Quelle tête en l'air ! Je dois tout préparer et me battre jusqu'au bout. J'ai du pain sur la planche, pas le temps de me morfondre, pas la peine d'attendre leur aide. Il me faut fuir par moi-même, et vite. Si mes parents ne viennent pas à moi, j'irai à eux.

Je retourne à ma tâche. Depuis le bord du précipice, je marche l'équivalent de vingt pas.

Une distance qui devrait être suffisante pour m'élancer, la pente est assez raide. C'est ce que je voulais vérifier. J'analyse en détail mon croquis en me grattant la tête. Juliette me fixe d'une mine penaude puis braille :

« Réponds-moi ! Moi aussi, je veux partir. Je veux être ta copine d'évasion. Réponds-moi !

— Hors de question. »

Soudain, elle se jette sur moi en hurlant – « Si ! Je veux partir avec toi » – et me tire les cheveux. Une bagarre éclate. Les coups et les gifles pleuvent. Je tente de la repousser, mais elle frappe comme une furie en poussant de petits cris. Sa taille lui donne une force supérieure à la mienne. J'ai envie de la tuer. Elle me plaque et je tombe à la renverse, sur les fesses. L'herbe amortit ma chute.

Le plan m'échappe.

« Non… NON ! »

Ce papier est mon unique espoir. Je le vois s'envoler et virevolter vers la mer. Je crie encore, tentant de me relever, mais je suis trop lente. Je tends la main vers le précipice.

Tout est perdu…

Avec une vitesse surprenante, Juliette rattrape le croquis de justesse et me le rend sans même le lire, d'un air de dire : « Regarde comme je t'aime. » Elle tend sa main et m'aide à me relever. Son regard me transperce et me rassure. Finalement, cette fille me plaît. Je sens des larmes me monter aux yeux, aux siens aussi, et nous nous jetons dans les bras l'une de l'autre.

« Pardon, ma Louise ! sanglote-t-elle. Pardon !

— Désolée, j'ai été trop dure... C'est la faute de Joël.

— Peu importe. Je veux partir avec toi : c'est décidé.

— Alors, fuyons ensemble ! »

Pleurer m'a fait du bien, ainsi que son contact, ses doigts sur mon dos, sa peau sèche, ses caresses brusques sur mes épaules et son parfum de lavande. Je suis contente que nous soyons amies, comme si nous l'avions toujours été.

*

Nous passons plusieurs minutes ainsi enlacées. Soudain, une branche craque dans un buisson à proximité, mettant fin à nos embrassades. Je sursaute et Juliette se blottit derrière moi.

« Qu'est-ce que c'est ? murmure-t-elle. Une bête sauvage ? »

Je replie mon précieux croquis contre ma ceinture.

« Je m'attends plus à un moniteur moustachu », lui dis-je en pouffant.

Des branches bougent encore. Puis j'entends un « aïe ».

« Montre-toi ! hurle Juliette avant de me glisser plus bas : C'est bon, c'est lui. »

Simon sort du buisson. Je n'avais pas reconnu sa voix rocailleuse.

« Quel dommage, soupire-t-il. Vous étiez si sexy !

— Espèce de pervers ! » souffle Juliette, écœurée.

Son front transpire, lui aussi a souffert pour parvenir jusqu'en haut de la falaise. À moins qu'autre chose lui ait donné chaud… Je n'ose y songer. Ses cheveux courts, encore plus ébouriffés que d'habitude, sont parsemés de petites feuilles. Je m'approche de lui, agacée.

« Tu nous espionnais ? Tu as entendu quoi ?

— Rien, rien… répond-il.

— Il ment ! » tonne Juliette.

Nous l'encerclons, prêtes à en découdre, échauffées par notre première bagarre.

« OK, OK ! se soumet Simon. Bon ! J'ai entendu votre histoire d'évasion. Mais je ne dirai rien. Promis !

— On ne te croit pas ! »

Je le secoue par les épaules jusqu'à ce qu'il avoue :

« Arrête ! Arrête ! Tout le monde sait que tu veux te barrer ! C'est un secret pour personne. »

Son raisonnement se tient. Mais, cette fois, tout est différent. Ma stratégie se veut plus élaborée et nécessite un secret absolu. Certains penseraient qu'il s'agit d'une folie. Je sais très bien ce que je fais. Mon père m'a appris beaucoup de choses, mais il m'a surtout transmis sa détermination. Je ne sais ni comment ni pourquoi, mais son souffle coule dans mes veines et je compte bien m'en servir.

« Je peux partir, maintenant ? tente-t-il.

— Non, reste là. J'ai quelque chose à vous annoncer… »

Cette fois, j'ai besoin d'aide. Je n'y arriverai pas seule. La force de Juliette est incroyable. Tout à l'heure, lors de notre bagarre, elle aurait pu me massacrer. De son côté, Simon a un talent très précieux. Si je dois me confier à quelqu'un, mieux vaut que ce soit à eux. Je dois garder la tête froide : notre rencontre au sommet de la falaise n'est peut-être pas un hasard.

« Mon Simon, dis-je d'un ton mielleux. J'ai un service à te demander…

— Quoi encore ?

— Je t'ai donné mon yaourt l'autre jour... Tu te rappelles ? En échange de tout ce que je voulais...

— Oh oui ! C'est vrai. Alors, tu t'es enfin décidée ? Tu veux un bisou ? »

Il rigole tout seul tandis que Juliette lui tire la langue. Les garçons sont vraiment des obsédés. Je continue :

« N'importe quoi... J'ai besoin de ton savoir-faire et d'une place dans ton hangar.

— Eh ! Oh ! Je peux avoir des ennuis, là », s'inquiète-t-il, soudain très sérieux.

Simon tient beaucoup à ses tournevis, à ses marteaux, à ses clous et à sa perceuse, en tant que président du club de bricolage de la colonie de vacances, et unique membre. Son plaisir : aider les autres en cas de problème de plomberie, d'électricité, de peinture ou d'électronique. Il sait tout réparer, tout construire, et aime se rendre utile. Sa compétence est telle que la directrice lui a confié un passe-partout, ouvrant toutes les portes du château, et un libre accès à l'immense hangar à outils. La clé pend à sa ceinture, retenue par un cordon élastique.

Jamais il n'acceptera de prendre le moindre risque qui pourrait entraîner une punition ou, pire, la fin de son privilège. Malgré sa crainte viscérale, j'ai une petite idée pour que sa décision penche en ma faveur. J'aimerais éviter d'en arriver à cette extrémité.

« Oui, c'est risqué, je te le concède. Je ne vais pas te mentir…

— Non ! Non ! Non ! Avec toi, tout est toujours dangereux. »

Il s'en va ; je dois le retenir absolument.

« J'ai une offre à te proposer. Aide-moi à construire ce dont j'ai besoin et je te donnerai ce que tu désires le plus. S'il te plaît… »

Il se retourne et déglutit avant de quémander :

« Même un bisou sur la bouche ? »

Je répète :

« Ce que… tu désires le plus. »

J'observe, amusée, son visage se crisper. Des idées contradictoires traversent son esprit. Des ondes de réflexion parcourent son front, de belles rides de pensée. Entre les deux passions de sa vie, les filles et le bricolage, laquelle l'emportera ? Je lui lance un large sourire en guise de coup de grâce.

« Oh là là ! cède-t-il en se pourléchant les lèvres. Vraiment ? »

Je hoche la tête d'un air d'abandon. Il m'interroge, circonspect :

« Tu veux fabriquer quoi ? »

Je marque une pause, le fixe droit dans les yeux :

« Un deltaplane ! »

Il manque de s'étouffer.

« Pff... Quoi ? Mais t'es dingue ou quoi ? Tu dérailles complètement !

— C'est très sérieux. Un deltaplane. »

Juliette entrouvre la bouche, stupéfaite.

« C'est quoi ?

— Une aile triangulaire avec laquelle je pourrai voler... Une sorte de grand cerf-volant, si tu veux.

— Un cerf-volant très complexe à fabriquer, complète Simon.

— Ce sera un petit deltaplane. Dix mètres d'envergure. Pas plus !

— Les monos le verront. »

Je reviens à la charge :

« Sauf si tu nous laisses... une place dans ton hangar !

— Là n'est pas le problème principal, tu vois. Construire un aéronef, c'est impossible ! Tout comme parvenir à une légèreté et une portance suffisantes. Et je ne te parle même pas d'obtenir les bons matériaux. Il nous faudrait au moins un plan... »

Je lui souris : d'une main, je brandis au-dessus de ma tête le croquis. Tous deux s'approchent et lâchent un grand « Waaaouh ». Ce dessin présente une finesse aérienne. Les mesures de chaque pièce y sont inscrites au centimètre près, ainsi que la matière à privilégier : des tubes en fibre de carbone, deux petites roues en caoutchouc, le harnais, des sangles légères et, pour la voile – la partie la plus complexe –, du polyester tissé. En bas du papier, il est écrit au crayon : « Mon deltaplane. Premier prix des ingénieurs aéronautiques. Section : adolescents. Louise Pujol. » Avec un coup de tampon très officiel.

« Incroyable, s'émerveille Juliette. Tu as gagné un trophée avec ? Tu m'avais caché ton talent… C'était quand ? »

La date a été effacée.

« Peu importe », dis-je, mal à l'aise.

Simon croise les bras, sceptique.

« En admettant que ce machin puisse voler… Comment tu veux le construire ? Où trouver les matériaux ?

— Dans le bureau de Joël, il y a un vieil ordinateur portable. On doit bien pouvoir se connecter à Internet et chercher un delta… même d'occasion.

— Hein ! Et comment utiliser son ordi ? demande Juliette. La porte est toujours fermée, à double tour. »

Je fixe Simon et son passe-partout attaché à sa ceinture.

« Ce truc ouvre tout ici ?

— Affirmatif.

— Tu es parfait. »

Il rougit un peu en se recoiffant.

« Ensuite nous aurons tout ce qu'il faut pour le construire dans ton hangar. Je vous expliquerai... au fur et à mesure... Si vous êtes avec moi ! Alors ? »

Le vent souffle par bourrasques sur la falaise.

« Je ne sais pas, hésite Juliette. Il n'y aura qu'une seule place dans ton appareil ?

— Il suffit d'un deuxième harnais pour s'envoler en tandem.

— Eh ! Sans moi ! » prévient Simon en crachant par terre.

Tant mieux. Je me retourne vers Juliette.

« J'étais d'accord pour m'enfuir avec toi, murmure-t-elle. Mais par les airs, c'est trop dangereux ! C'est pas vraiment de notre âge !

— Tu plaisantes ? Ce sera génial... Toutes les deux, nous volerons comme des oiseaux. Nous partirons loin, où nous voudrons. Vers les tropiques ! Vers les îles ! Ou vers la terre ferme pour commencer peut-être... Une fois chez moi, je te paierai les meilleures vacances de ta vie. Je ne te parle pas de cette horrible colonie... Mes parents seront si contents de me revoir et de te rencontrer. Nous irons dans un parc d'attractions.

— Rien que toutes les deux ? me demande-t-elle, les yeux scintillants.
— Oui !
— Et mon chat ?
— On le prendra dans mon sac à dos. Écoute… N'entrons pas encore dans les détails. D'accord ? J'ai besoin de ton aide d'abord… Tu te décideras au dernier moment, une fois le deltaplane prêt… Qu'en penses-tu ? »
Juliette marque une pause, tiraillée entre la peur de me décevoir encore et sa propre peur.
« Pou… Pourquoi pas ? bégaie-t-elle. Oui, ce sera drôle. Pourquoi pas, si j'ai le temps de décider ! »
Elle est si influençable. Simon tousse :
« Hmm… Hmm… J'ai une condition, moi aussi.
— Dis toujours…
— Voilà ! Peux-tu me signer une décharge ? Je ne veux pas avoir ta mort sur la conscience. »
Je ris de bon cœur à sa blague, tout en craignant qu'il ne plaisante pas. Douterait-il de mes capacités ? Il va voir ce qu'il va voir. Je lui prouverai que ce projet n'est pas une chimère.
Je retire de ma veste le pin's en forme d'avion et me pique l'index avec sa pointe. Quelques gouttes rouges coulent.
« Nous devons faire un pacte de sang, maintenant… Quoi qu'il arrive, nous mènerons ce vol

à son terme, sans en parler aux monos ni à la directrice… Ce sera notre secret ! »

J'insiste sur ce dernier point en fixant Juliette, qui déglutit avec peine. Après réflexion, Simon tend son auriculaire, elle aussi. Je les pique tous les deux. Nous collons nos doigts les uns aux autres pour sceller notre serment, là, sous le vent marin et le soleil d'été, sur ma future piste de décollage.

La nuit, je déteste encore plus cet endroit.

Je tue le temps, si long, dans mon lit une place. Face à moi, j'observe le mur de ma chambre. Des photographies y sont punaisées. Sur l'une, un couple s'enlace ; sur une autre, des enfants sont attablés lors d'un repas de Noël ; il y a de nombreuses cartes postales aussi : Bali, Indonésie, Chine et je ne sais quel autre pays exotique.

Soudain, mon angoisse monte.

Tous ces visages inconnus m'inquiètent, comme s'ils me fixaient, comme s'ils attendaient quelque chose de moi. Qui sont-ils ? On se croirait dans un appartement témoin, avec des photos mimant la vie dans un lieu mort. Une idée des monos pour créer une illusion de bonheur ?

Dans le lot, je reconnais un seul cliché en noir et blanc, celui de mes parents. Sur leurs genoux, j'y ai l'air d'une petite fille heureuse ; maman porte une robe très élégante ; des taches de rousseur recouvrent le nez de papa.

Je tente de ralentir ma respiration. Un lourd silence s'installe. Dans mes oreilles, j'entends battre les pulsations de mon cœur et siffler mes acouphènes. Oh non ! Ces sifflements permanents se renforcent dans le calme assourdissant de la nuit.

L'heure avance. Les acouphènes s'amplifient, m'obsèdent, hurlent telles mille harpies et m'hypnotisent. J'entends tout avec acuité : du frottement des draps sur le matelas aux pages d'un livre qu'on tourne dans une chambre voisine, en passant par la canalisation d'eau qui gargouille entre les murs, près de ma tête.

Dans cette solitude, la perspective de mourir loin de mes parents me terrifie bien plus que la mort elle-même. Je prends mon courage à deux mains et éteins la lumière. Je m'endors quelques minutes, me semble-t-il, je suffoque… Un poids écrase ma poitrine, si fort. Ces maudits sifflements. Je suis une petite fille qui sombre dans les abysses, et personne ne tend sa main pour me sauver.

*

Je panique et crie au beau milieu de la nuit :
« Je suis… trop jeune… pour mourir ! »
Je me réveille, le front trempé de sueur. J'entends des bruits de pas dans le couloir. En trombe, Joël ouvre la porte de ma chambre.
« Louise, t'fais chier, là, dors, maintenant !
— Pardon… J'ai… j'ai fait un cauchemar. »
Il repart aussitôt. Bizarrement, mon cœur s'emplit d'affection pour ce mono et sa moustache honnie. Son passage m'a rassurée. Je me sens moins seule, comme un chat qui miaule à une heure tardive et qui ne reçoit de ses maîtres que jets de coussins et insultes. Au moins, sa soirée s'anime.

Et si je tentais de m'évader ? Je me lève. Zut ! Les monos ont changé la fenêtre. Elle est condamnée ! Qu'est-ce qu'ils croient ? Me retenir ici plus longtemps ? Jamais ! Le peu d'affection que je ressentais pour Joël s'évanouit… Attendre, attendre, toujours attendre, ce n'est pas une vie ! Ils peuvent enfoncer tous les clous qu'ils veulent, me ligoter ou me mettre une camisole de force, je trouverai une échappatoire. Mon esprit restera libre ; bien mieux, il volera.

Je me sens lasse, lasse. Que vais-je devenir ? Qu'est-ce que je fais là, déjà ? Vite, le croquis ! Il faut que je contemple mon… mon futur cerf-volant. Un cerf-volant ? Non, ce n'est pas ça…

Je sors le plan caché sous mon oreiller. Ah oui ! C'est un deltaplane… C'est ça ! Ce trésor de papier me rassure. Tant que je l'ai dans les mains, rien ne peut m'arriver : je garde en mémoire l'espoir. De quoi meurt-on au fond ? Du manque de rêves ! C'est l'absence de projets qui rend malade. Quand l'âme n'a plus de but, la chute du corps s'accélère. J'y crois profondément. Souvent, mon père disait : « Si je m'arrête de travailler, je mourrai ! »

Je me dirige vers la salle de bains qui sent bon l'eau de Javel. Les femmes de ménage nettoient tous les jours. C'est très propre : sur ce point, je ne trouve rien à redire. Je me rafraîchis le visage avec un peu d'eau. Il n'y a pas de miroir. Qu'est-ce que je suis venue faire ici ? Où sont mes parents ? Ces questions m'obsèdent. Je sens que la réponse n'est pas loin, pourtant.

Je tourne, telle une lionne en cage, et reviens sur mes pas. Je pourrais allumer la télé pour ne plus penser, comme tous mes petits camarades. Sur mon bureau, elle prend la poussière. La télé, ce n'est pas ma génération… Je préférerais un portable, mais c'est interdit bien sûr.

Sur le mur, je regarde à nouveau les photographies. Ces clichés m'angoissent : je ne reconnais pas tous ces gens… Je transpire. Je ne peux pas m'empêcher de trembler. Ça m'agace. Je n'arrive pas à mettre de mots sur ce que je ressens.

J'explose tout à coup.

Je me précipite vers ces photos, triturant chaque punaise enfoncée dans le mur râpeux. Je n'arrive pas à les enlever. Mes doigts tremblent trop. J'essaie avec les dents. Ça marche… Je les arrache une à une, les déchire toutes (sauf celle de mes parents), je les jette sur la moquette et les piétine en criant :

« Laissez-moi tranquille ! »

Je m'approche de la fenêtre toute neuve. Je recule et m'élance, prête à la percuter à coups d'épaule s'il le faut.

*

Je m'arrête en plein élan.

Dehors, quelque chose retient mon attention. Sur le parking, une ombre apparaît. Je cligne des yeux une fois, deux fois, trois fois, pour être sûre. Il est si tard… J'ai l'impression que l'ombre m'observe, une sorte de reflet diaphane sous la lumière orangée des lampadaires. À quelle distance ? Tout près, quelques mètres peut-être… Pas de doute ! Il y a bien quelqu'un… On dirait un fantôme.

Paniquée, je cours me réfugier sous les draps. Une bien maigre protection – je le sais – contre un vagabond traînant autour d'un château… Ou est-ce plutôt un esprit ? Ce lieu concentre tant de souffrances et de morts qu'il doit être hanté. Blottie au fond de mon lit, tremblante, je n'ose pas appeler les monos. L'ombre partira peut-être si je ne bouge pas. Il semblait âgé, très âgé… Je ne sais pas, je ne bouge pas, je ne dirai rien…

Je finis par craquer et hurle :

« Au secours ! Au secours ! »

Joël arrive après d'interminables minutes.

« T'vas pas recommencer, lance-t-il, exaspéré. Qu'est-ce qu'il y a ?

— J'ai vu un fantôme. Je ne sais pas… Il y a quelqu'un dehors. »

Il se dirige vers la fenêtre en fronçant les sourcils, vérifie d'un coup d'œil, puis ferme les stores en quelques tours de manivelle. Il s'approche de moi et s'assoit sur le rebord du lit.

« Y a personne. T'es en sécurité ici. »

Je me sens rassurée quand il me regarde droit dans les yeux, mais je ne dois pas me laisser amadouer par sa gentillesse, il essaie juste de gagner ma confiance.

« Je l'ai vu, pourtant. Il était là, dehors, en chemise… à me fixer. Je t'assure ! On aurait dit un reflet, effrayant, avec des cheveux filasse.

— En chemise ? Des ch'veux filasse ? se retient-il de rire avant d'ajouter le plus sérieusement du monde : Rendors-toi. Les fantômes, ça n'existe pas. »

Il n'y a que les grandes personnes pour prononcer de telles bêtises. Je lui souris. Qu'il s'en aille ! C'est tout ce que je veux : je ne peux vraiment pas compter sur lui.

Joël me tend un verre d'eau et une gélule violette :

« Tiens… Ça va t'aider à dormir », tente-t-il tout mielleux.

J'ai déjà pris ce truc une fois et je me suis promis que ce serait la dernière. Dormir quinze heures d'affilée, comme une masse, ce n'est pas pour moi. Il paraît que ça laisse des séquelles. Je mets la gélule dans ma bouche comme d'habitude, la coince contre ma gencive et avale plusieurs gorgées d'eau. Je tire la langue à sa demande.

« Tu veux que j'te mette ta veilleuse ? »

Il allume ma lampe de chevet, dont l'abat-jour est recouvert d'avions. Ma chambre s'éclaire d'un halo bleuté, tamisé de silhouettes aériennes.

Les yeux clos, je fais mine de m'endormir jusqu'à ce qu'il ferme la porte.

Je me lève, me précipite vers le bureau et ouvre un tiroir. Vite ! Vite ! Où se cache ma petite boîte secrète ? Dans la journée, je la porte toujours sur moi ; la nuit, je la range ici pour ne pas la perdre. Elle est en bois, verte, lourde et très précieuse... La voilà ! Je l'ouvre et y crache la gélule, toute molle et mouillée, qui glisse et s'empile sur des dizaines d'autres. Je les garde en stock au cas où. On ne sait jamais.

*

Le vagabond est-il toujours là ? J'aimerais être fixée, mais j'ai peur. Une pensée me traverse l'esprit : la fenêtre étant clouée, il ne pourra pas entrer dans ma chambre... Cette évidence me donne du courage. Mais la simple idée qu'il puisse être encore là m'effraie. Je m'approche lentement de la fenêtre et tourne la manivelle comme l'a fait Joël. Ce n'est pas discret. Les stores grincent.

J'observe le parking, vide. Quel soulagement, et en même temps quelle déception... Était-ce une illusion ? Je recule un peu pour me placer exactement au même endroit que tout à l'heure.

Soudain, l'ombre réapparaît.

C'est une femme ! J'avais un doute, mais sa silhouette ne trompe pas. Mon cœur bat la chamade, j'en oublie mes oreilles qui sifflent et mes jambes qui tremblent. J'ignore par quel miracle je tiens encore debout. Elle ne bouge pas, comme égarée, si proche et si lointaine, à la fois dans ma chambre et sur le parking.

« Ne reste pas là, dis-je tout bas. Qu'est-ce que tu attends pour fuir ? »

Je sens des larmes monter. Avant de m'endormir, maman me racontait souvent l'histoire d'esprits perdus parmi les vivants. Selon elle, ces derniers refusaient de partir, se rattachant à un objet ou à une personne. Devant moi se tient peut-être une apparition coincée dans les limbes de la colonie. Comme ce doit être terrible de vivre ainsi… Je me sens proche d'elle : elle n'a pas l'air en vie, elle n'a pas l'air morte non plus… Je crois que je peux voir à travers son corps flottant.

Des cernes sous les yeux, la peau blanche, une allure de grand-mère, des rides par dizaines… Elle m'est si familière, avec son grand sourire. Je m'approche encore de la vitre, elle aussi. Je tends la main, elle aussi.

Tout à coup, son visage me revient… Zut ! Comment ai-je pu mettre tant de temps à comprendre ? Ce n'est pas n'importe quelle ombre. Je reconnais ces traits, ces yeux ! Je frappe de toutes mes forces contre la vitre, qui grince un peu. C'est elle, c'est ma maman ! Pourquoi si vieille ? Je le lui demanderai plus tard, des bruits de pas se rapprochent dans le couloir… Je dois m'enfuir et briser cette vitre avant. Elle est là, de l'autre côté, elle m'attend, il me faut la rejoindre.

« Maman ! je crie. Maman ! »

Mes pleurs et ma joie se mêlent : elle ne m'a pas oubliée ! Comment a-t-elle retrouvé ma trace ? Le bonheur m'envahit, si rare ces derniers temps. Sa présence m'avait tant manqué, et la voilà devant moi qui m'observe, le regard d'une mère, on le guette parfois toute une vie. La colère quitte enfin mon cœur, le creux dans ma poitrine se dissipe. Qu'elle vienne me chercher ! Qu'elle me libère de cet enfer !

*

Je repense à nos vacances ensemble, tous les étés, quand nous roulions vers la montagne. Papa conduisait, pestant contre les camping-cars trop lents qu'il n'arrivait pas à doubler dans les virages en épingle.

« Nom de Dieu ! On va se les taper jusqu'au sommet du mont Aigoual ! » hurlait-il.

Les doigts de pieds en éventail sur le tableau de bord, maman contemplait le paysage, tranquille. Elle savait que rien n'avait d'importance, que l'essentiel était ailleurs, vers ce chemin qui nous menait en vacances et vers des souvenirs communs. Elle n'avait pas comme mon père une passion dévorante, un métier, elle était femme au foyer, et ce qu'elle aimait par-dessus tout, c'était que tout se passe bien entre nous. Elle avait horreur des conflits et faisait en sorte d'arrondir les angles dans la famille, parfois à son propre détriment.

Un jour, je m'en souviens comme si c'était hier, nous marchions le long d'un sentier forestier. Un soleil crépusculaire berçait la montagne. Des cloches de vaches tintaient dans la vallée. Au milieu coulait une rivière paisible. Le soleil disparaissant, le ciel devenait orange. Un chevreuil passait au loin, se croyant à l'abri des regards. C'était si beau que je lui demandai :

« Pourquoi les moments heureux ne durent jamais ? »

Avec son grand sourire calme, maman me répondit :

« Parce que nous ne sommes pas faits pour le bonheur. »

Je ne compris pas ce qui lui semblait si évident. Pourquoi les bonnes choses ne dominaient pas les mauvaises sur cette Terre ?

*

Aujourd'hui encore, ses réponses me manquent, mais peu importe car maman attend juste devant moi. Elle saura me rassurer, me sourire comme lors de cette balade en forêt et me comprendre, et m'aimer : enfin, je me sens en sécurité.

Je lui souris béatement et tends ma main ; elle aussi tend la sienne vers la vitre. Je chuchote :

« Maman… Ma petite maman. »

Ça pique. Une aiguille s'enfonce dans mon bras droit. Joël et les monos me tiennent, m'entravent et s'agitent tout autour. Je ne me débats même pas quand le fichu liquide pénètre mes veines.

« Attends-moi, je murmure encore. J'arrive… Je volerai… »

Une vague douce et chaude me libère enfin, et je m'endors profondément.

Le hangar de Simon est immense. On dirait le taudis d'un ferrailleur ou une déchetterie. De nombreux outils ornent les murs : des marteaux, des clés, des trucs, diverses pinces, des bidules, des pinceaux et tant d'autres objets dont j'ignore les noms. C'est là que les monos et les jardiniers stockent tout leur bazar. Il y a même quelques véhicules à l'abandon et un tracteur rouge. Ça sent l'huile, la peinture et le fer, des odeurs qui me rappellent l'usine de mon père.

Assise sur de grands pneus crasseux, j'attends Simon et Juliette. Leur retard m'inquiète. J'espère qu'ils ne se sont pas fait attraper. Mon plan se veut pourtant simple : aujourd'hui, Joël est absent. C'est le moment idéal pour aller dans son bureau et voler son ordinateur. Mieux vaut que je ne sois pas là. Les monos se méfient de moi, je ne passe plus inaperçue nulle part dans cette colo.

Les minutes défilent, si lentes.

Crotte ! J'aurais dû y aller avec eux… On ne peut faire confiance qu'à soi-même. Cent ruminations me traversent l'esprit lorsque j'entends le claquement de la porte du hangar, suivi d'une petite voix familière :

« On n'aurait jamais dû faire ça ! Ils vont me confisquer mon siamois.

— Tais-toi ! »

Simon trottine vers moi, le torse bombé. Il tient entre ses mains l'objet de tous mes désirs.

« Il marche ?

— C'est ce qu'on va voir, me répond-il en ouvrant l'ordinateur. C'est bon ! Il y a du Wi-Fi et assez de batterie. Une chance ! »

Je jubile et, de joie, embrasse le front tout transpirant de Simon.

*

Nous pouvons maintenant rechercher sur Internet la pièce maîtresse de mon évasion. Cette pièce servira de base à tout notre travail : c'est l'aile du deltaplane. Juliette surfe sur des sites d'amateurs, étonnée de voir combien le Web regorge de deltas qui pourrissent au garage. À la mode dans les années quatre-vingt, ce loisir n'est plus en vogue, résume-t-elle. La faute à des accidents mortels et à un matériel rigide et encombrant. Depuis, le parapente – sorte de parachute en toile souple – domine la pratique des amateurs de vol libre, car plus facile à transporter et moins dangereux. L'ordinateur mouline, son système de ventilation souffle fort.

Ces propriétaires se séparent de leur aile à des prix cassés, espérant récupérer une partie de l'investissement initial. On se croirait devant un rayon de bonbons au supermarché : il y en a des centaines, de toutes les tailles et de toutes les formes.

Juliette repère un vendeur à proximité, qui propose de livrer lui-même sa vieille aile en polyester tissé. Noir et bleu, elle a l'air en bon état. Je l'aurais préférée en rose.

« On la repeindra ! » propose-t-elle.

Les tubes en fibre de carbone, la barre de contrôle et les roues présentent une légère usure. Rien d'anormal. En revanche, le trapèze est fendu sur son côté droit, « à cause d'une petite chute à l'atterrissage », avertit l'annonce. Je préférerais un deltaplane prêt à l'utilisation, mais nous n'avons pas vraiment d'alternative.

« Oh ! Je te réparerai ça sans problème », promet Simon.

Juliette précise nos exigences dans un message : « Nous vous l'achetons à condition d'être livrés, en toute discrétion, dans le hangar du château… » écrit-elle touche après touche, avec son index droit. Le vendeur, si content de s'en débarrasser, ne pose pas de questions.

Au moment du paiement, je me sens gênée car je n'ai pas les moyens de rembourser Juliette, mais je lui promets un dédommagement au triple. Elle me sourit d'un air étrange. En quelques clics, elle paie la totalité avec sa carte bleue, qui lui sert d'habitude à acheter des friandises pour son chat.

*

« Sauras-tu manipuler un bestiau pareil ? m'interroge Simon, de but en blanc.

— C'est bizarre, je n'y connais rien aux ordinateurs, mais voler, ça oui ! Je crois que je saurai. »

Il ricane. Juliette pâlit :

« Tu veux dire que tu n'es pas sûre ?

— Je crois… je crois que si.

— Mais enfin ! C'est trop dangereux, s'emporte-t-elle. Tu te rends compte ? Je viens de dépenser tout mon argent de poche pour un vieux coucou, peut-être cassé, que tu ne sais même pas piloter ! »

Je tente de la rassurer :

« Tu verras ! Je te prouverai le contraire. Je ne sais pas comment ni pourquoi… Je le sens. Comme si mes mains pouvaient se rappeler certains gestes. C'est… c'est…

— … absurde », me coupe Simon en ricanant.

Je me tais, car au fond je les comprends. Que valent mon intuition et un dessin contre l'implacable logique des faits ? Vexée, je ne peux tout de même pas m'empêcher de penser : vous ferez moins les malins quand je planerai haut dans le ciel, tandis que vous resterez plantés là, en bas, comme des andouilles au sommet de la falaise.

Au mieux, je volerai vers ma liberté, loin de cette prison ; au pire, je m'écraserai au sol, libérée de cette vie infernale de monotonie. Dans tous les cas, mon pari sera gagnant.

« Si vous ne voulez pas m'aider, j'agirai seule… »

Je baisse la tête, triste mais déterminée. Juliette s'approche et, me prenant par les mains, temporise :

« Mais non, Louise ! Ma chère Louise, oublions ça ! Ce n'est pas grave. Oublions ça. Raconte-moi plutôt comment tu vas faire pour t'évader. »

Je suis confuse et reconnaissante à la fois, je ne sais pas sur quel pied danser. Pourquoi me soutient-elle alors que n'importe quelle personne sensée me traiterait de folle ? Qu'attend-elle de moi ? Je doute de sa sincérité. Est-ce qu'elle me manipule une fois de plus, prête à me trahir à la première occasion ? J'ignore tout de ses motivations.

C'est tout le contraire avec Simon. Je sais pourquoi il m'aide, le contrat est clair entre nous, et je frissonne à l'idée de ce que je devrai faire en échange.

Je tente de lui décrire mon plan avec mes mots. Mais je les perds, ces mots. Un silence s'installe. J'oublie tout, dans cet endroit de malheur... La faute à la piqûre d'hier soir aussi, peut-être. J'essaie de lui expliquer mes évasions, si nombreuses que je ne me souviens pas de toutes mes tentatives. Les monos m'ont toujours rattrapée, sur la longue route qui mesure onze kilomètres. Ça, je m'en souviens ! Je n'ai jamais pu arriver au bout. Avec mon deltaplane, ce sera un jeu d'enfant.

« C'est brillant ! s'exclame-t-elle, les yeux humides. Brillant ! Tu as tant d'idées. Moi, je suis tellement triste que je n'ai envie de rien.

— C'est pour ça que tu m'aides ? Parce que tu t'ennuies ? »

Gênée, elle me tourne le dos et pianote sur le clavier. Sur une carte, elle me montre du doigt un point rouge qui indique notre position. Cette technologie m'émerveille. Je reconnais en deux dimensions les champs, la mer et le rivage autour du château. Plus loin, il y a la ville que je n'ai jamais réussi à atteindre.

« C'est là… C'est ici que j'irai. Puis chez mes parents. »

Juliette me sourit. Je suis émerveillée, le souffle court. On m'avait caché qu'il existait de tels outils. Le potentiel d'Internet me paraît infini : discuter, chercher, trouver… J'adorerais faire comme elle. *Tchac ! Tchac !* Avec mon doigt, surfer. Il faudrait qu'elle m'explique. Elle me montrera une fois dehors, quand on sera libres toutes les deux ! J'ai tant de choses encore à étudier : ici, je n'apprends plus rien.

Avec cet ordinateur, je préparerai le tracé de mon vol, le pousserai plus loin même, si les vents le permettent.

« C'est quoi, leur adresse ? demande-t-elle, tout aussi excitée.

— C'est… euh… C'est…

— Leur nom, peut-être ?

— Mon père s'appelle Jean Pujol. »

Elle tape son nom dans un annuaire en ligne.

« Désolée, regrette-t-elle. Il n'y a rien.

— C'est pas possible. Il… il est connu et riche… Il a dû protéger son anonymat.

— Et ta mère ?

— Elle s'appelle Marie Pujol. »

Elle tape sur le clavier de manière plus rapide avec les deux index.

« Rien non plus. Et ta ville natale ?

— Oui, c'est… c'est… à… Je l'ai sur le bout de la langue. »

Je m'énerve et tape du pied.

« Zut ! Ah ! Je… Mince ! »

La porte d'entrée du hangar s'ouvre.

« Psitt ! On a de la compagnie », nous coupe Simon.

Je sursaute : des roues cliquettent, quelqu'un halète. Joël ? A-t-il entendu notre plan ? Je me mords la langue : nous ne sommes pas assez prudents. Le delta, la livraison, le vol… Si ça se trouve, il sait déjà tout et confisquera le matériel avant même que nous l'ayons reçu.

Une voix de fille lance :

« Qu'est-ce que vous mijotez, tous les trois ? »

C'est Sonia. Sur son fauteuil roulant, cette teigne scrute le hangar à la recherche d'indices, les yeux plissés. Je suis rassurée que ce soit elle plutôt qu'un mono, mais il nous faudra être plus prévoyants à l'avenir.

« On ne vous voit plus depuis quelques jours. Qu'est-ce que vous mijotez ?

— C'est pas tes oignons, rétorque Juliette qui cache l'ordinateur dans son dos. Pas tes oignons !

— Si ! Vous avez déjà causé assez de tort à la communauté. Je le découvrirai, tôt ou tard, et je vous dénoncerai. »

Elle s'éloigne, accompagnée du *clic-clic* métallique de son fauteuil.

« Oh là là ! Elle te cherche toujours des noises, marmonne Simon.

— J'efface l'historique de navigation, reprend Juliette. Je rapporterai l'ordi dans le bureau de Joël après.

— Tu es incroyable… »

Elle glousse tandis que je l'embrasse sur la joue.

*

D'un clin d'œil, Simon nous invite à le suivre. Nous marchons jusqu'au fond du hangar. Dans un coin, il nous montre un vaste espace qu'il vient de balayer, près d'une sortie dédiée aux véhicules.

« Mesdames, c'est ici que nous le cacherons.

— Quoi ?… dis-je, encore chamboulée par l'altercation.

— Eh ben ! Le deltaplane, pardi !

— Ah oui… »

Il secoue quelques draps noirs, pleins de poussière, qui serviront à le camoufler.

« À en croire ton plan, continue-t-il, il nous manquera un harnais.

— Comment faire ?

— Facile ! Je connais bien le grimpeur-arboriste du château qui nous arrangera ça, j'emprunterai un baudrier et des cordes. »

Je feins l'extase pour flatter son petit ego d'homme :

« Waouh… Tu es trop fort… »

Il bombe le torse et reprend :

« Il en faudra deux. Si Juliette se décide à voler… Hein ?

— Je veux le faire ! Je vais le faire, gémit-elle en baissant les yeux.

— Ha ha ! pouffe-t-il. Il n'y a aucun mal à tenir à la vie. »

Il énumère les objets dont nous aurons besoin :

« Colle, fer à souder, peinture rose… Je ne m'occuperai que de petites bricoles, hein ! Si c'est trop grave, je ne réparerai pas. Trop de responsabilités ! Compris ?

— Je comprends.

— Une dernière chose : confie-moi ton plan, ma jolie.

— Pourquoi ?

— Eh ! Pour tout te préparer. »

Réticente, je lui tends mon croquis. J'aime le porter sur moi à toute heure, même la nuit, car il demeure un cap, un fil qui m'empêche de sombrer. Sans lui, je suis perdue.

Nos doigts se frôlent et mes lèvres frémissent.

Vingt heures. La séance commence à vingt heures. Avec impatience, je surveille ma montre et le programme des activités scotché au mur, bien en évidence, pour ne pas oublier. Puis j'enfile mes charentaises, un pyjama à carreaux, et quitte ma chambre habillée comme un as de pique. Je m'en moque... Personne ne m'attend en bas et je ne veux pas rater ce moment magique : mon monde en manque cruellement. Je descends les escaliers, traverse le couloir et longe le réfectoire. Je me perds à plusieurs reprises.

Où est la salle de jeux, déjà ? Ah ! La voilà, tout allumée. La directrice accueille les badauds d'un sourire hypocrite.

« Bonjour, Louise ! » me lance-t-elle.

J'entre sans lui répondre. Au troisième rang, Juliette et Simon me font de grands gestes. Je les rejoins avec gratitude : ils m'ont gardé une place auprès d'eux.

« Je ne pensais pas que tu viendrais », s'étonne Simon lorsque je m'assois.

Ma chaise manque de confort. Je demande un coussin supplémentaire à la directrice d'un signe dédaigneux, puis confie :

« C'est la seule activité que je regretterai une fois partie. »

Des bruissements parcourent la salle bondée. Vidéoprojecteur, grand écran, lumière tamisée et chaude, programmes imprimés… On s'y croirait ! Ça manque juste de pop-corn et de liberté.

Sonia entre en dernier, accompagnée par deux copines poussant son fauteuil roulant. Avec ses boucles d'oreilles en or, son collier d'ambre, son chemisier blanc et son pantalon noir, elle salue tout le monde, puis interpelle chacun par son prénom à la manière d'une maîtresse de cérémonie. Pour qui se prend-elle ? Elle n'est que déléguée ! Sous prétexte de nous représenter lors des réunions avec la direction, elle s'imagine femme politique. Ce qu'elle m'agace…

Elle prend la parole, la bouche en rond et la main sur le cœur :

« Bonsoir, mes chers amis ! Quel plaisir de vous retrouver aussi nombreux pour notre club de cinéma. En quelques mois, ce beau projet est devenu notre rendez-vous hebdomadaire, notre bouffée d'oxygène au même titre que les sorties à la plage, et c'est un vrai bienfait pour notre communauté. Merci à Joël et à la directrice qui ont rendu possible ce moment, dont nous avons tous tant besoin. »

La salle applaudit, unanime.

« Collabo… je grince entre mes dents.

— Tu y vas un peu fort ! rit Juliette. Oui, un peu fort. »

Sonia reprend :

« Continuons d'explorer la thématique des films fantastiques ! Après *Le Magicien d'Oz* que vous avez adoré et la trilogie *Le Seigneur des anneaux* de… de… »

Elle fouille dans ses fiches pour trouver le nom du réalisateur.

« Peter Jackson ! crie Simon.

— Oui, tout à fait ! Qui s'en est souvenu ? Bravo ! »

Quelques personnes applaudissent timidement tandis qu'elle reprend :

« Ce soir, place à *Harry Potter* ! Premier volet d'une série de huit films qui racontent l'histoire d'un jeune sorcier à l'école de Poudlard. Mais je ne vous en dis pas plus… Certains d'entre vous souhaitent aussi voir les longs-métrages d'animation des studios Disney. Ce sera pour une prochaine fois, promis. Et une dernière chose : je voulais vous dire… »

Bouillonnante, je crie à mon tour :

« Envoie la purée au lieu de blablater !

— Louise ! Tu es là, toi aussi. Et avec Juliette. C'est extraordinaire. Comme quoi, notre club de cinéma fédère même les cas les plus désespérés… »

Ses deux copines gloussent au deuxième rang.

« Pas de bêtises cette fois, hein ?

— Pour qui tu nous prends ? » rétorque Juliette.

Coupant court aux échanges, la directrice éteint la lumière. Le rétroprojecteur s'allume et le film commence.

*

Je m'identifie à ce garçon enfermé dans un placard, mal aimé, qui découvre à l'école sa vérité et l'amitié, apprend de nouvelles matières, se confronte à ses limites face à des professeurs exigeants et connaît des aventures extraordinaires. Je l'envie : il vivait dans le mensonge et perce le voile de son ignorance.

Je peine à suivre les dialogues trop rapides, l'intrigue, mais les images m'émerveillent, aussi colorées que les jeux télévisés du soir, et contrastent avec l'ambiance sinistre de mon purgatoire.

Dans notre colonie de vacances, on vivote, on s'ennuie et on devient moche. Les jours passent, lents et monotones. Quelque chose cloche, je n'arrive pas à mettre le doigt dessus. Ici, l'ambiance diffère de celle de Poudlard. Mes camarades n'ont pas les mêmes visages et les mêmes corps ; de l'autre côté de l'écran, les enfants semblent plus beaux, plus lisses, plus poupins et moins abîmés. Est-ce la magie des caméras et du maquillage ? Quelque chose d'intemporel nous sépare d'eux. Je renifle, les larmes me montent aux yeux.

« Eh ! Ce n'est qu'un film, murmure Simon à mon oreille.

— Je sais, c'est juste que… »

Il saisit ma main. Je sursaute, me crispe, le laisse faire. Plusieurs minutes passent ainsi, au contact de ses doigts chauds et rassurants.

Juste devant moi, Sonia se retourne, nous observe et cancane avec ses copines. Je lâche la main de Simon, un peu honteuse d'avoir été surprise par ma pire ennemie. Elle me lance alors :

« Psitt ! Ce n'est pas le lieu pour roucouler avec ton chéri.

— Tais-toi, la grosse ! » je réplique tout bas afin d'éviter les sermons de la monitrice.

Simon rougit mais reste silencieux.

« Psitt ! Le bricolo ! continue Sonia. Tu devrais te méfier : il paraît que Louise tue tous ceux qu'elle aime. C'est un Mangemort, comme dans *Harry Potter* ! Elle laisse mourir ses proches sous ses yeux. »

Ses copines s'esclaffent. Il s'emporte :

« Hé ! Oh ! Arrête maintenant ! C'est de la pure méchanceté.

— Tu devrais juste mieux choisir ta copine », siffle Sonia en se caressant les cheveux.

Le calme revient, mais il ne décolère pas.

« Pourquoi elle dit ça ? je demande en aparté.

— Bah ! Laisse tomber. »

Je ne comprends pas. D'abord, je ne sors pas avec Simon. Il m'a juste pris la main, comme un ami. Ça ne veut rien dire... Et puis je suis jeune, je n'ai pas de petit copain et n'en ai jamais eu. J'y pense parfois... Oui, j'y songe. J'aimerais bien, même ! Mais les garçons sont trop bêtes. Qu'est-ce qu'elle insinue ? Je ne sais pas. Sonia est juste envieuse, je pense. Simon s'intéresse à moi alors qu'elle a des sentiments pour lui. Bien fait ! À moins que... Sa remarque me rappelle vaguement quelque chose : un visage...

La tristesse me saisit tout à coup. Je me sens lasse, lasse, lasse. À l'écran, Harry Potter se livre à un sport étrange sur un balai volant. N'importe quoi ! Les balais servent à balayer, pas à voler ! Et moi, je sombre… Je manque d'air, j'étouffe, je perds pied.

« Ma vie est un naufrage. Elle a raison. Je n'ai pas pu le sauver, dis-je tout à coup sans trop savoir pourquoi.

— Et voilà ! Bravo ! tonne Juliette. Tu es fière de toi ? »

Sonia ricane, mais je m'en moque ; elle n'a plus d'importance. Le spleen m'emporte telle une vague vers des profondeurs insondables, plus fort que moi, plus fort que tout. Je ne désire plus rien. J'aimerais être ailleurs, me tapir dans l'ombre, me coucher, ne plus bouger et attendre que ces bribes de souvenirs s'en aillent.

« Ce n'est… pas une vie », dis-je à voix haute.

Dans la salle, des « Chut ! » tentent de me réduire au silence. Hors de question ! Je ne me laisserai pas faire, car on me cache la vérité. Je n'accepte pas la personne que je deviens. Est-ce le début de l'adolescence ? Je ne sais pas. Je ne manque pas en tout cas de volonté pour agir et réfléchir. Une détermination folle me pousse toujours plus loin. Je ressemble à mon père : un cerveau affûté, prêt à combattre, à trouver de nouvelles idées et à oser. Pourtant, les pièces du puzzle s'effacent peu à peu, ainsi que l'énergie de mes débuts. Je hurle cette fois :

« Que cela cesse… Je n'en peux plus ! »

Sonia se retourne et chuchote avec un grand sourire carnassier :

« Assassin ! »

Folle de colère, je lui saute à la gorge. La peur dans les yeux, elle tente de faire pivoter son fauteuil roulant pour m'affronter. Trop tard. Je gifle cette peste impotente et grasse qui hurle en retour, dans l'espoir d'une aide quelconque. Ses copines, un temps stupéfaites, se lèvent pour nous séparer. Juliette et Simon rejoignent aussi la mêlée. Les coups pleuvent : on croirait une bagarre générale. Cette mêlée calme mes angoisses. J'aime l'expression désordonnée des corps, le contact brutal des autres contre ma peau, sortir le mal qui ronge mes tripes par la violence. En vérité, je me retiens de rire tant je jubile.

Assoupie au dernier rang, la directrice émerge dans ce chaos digne d'une cour de récréation, rallume la lumière, hallucinée, et tente de s'interposer.

« Arrêtez ! Ça suffit ! »

En arrière-plan, le film vire au cauchemar éveillé. Harry Potter affronte un affreux personnage, lord Voldemort, qui ressemble à la mort en personne, et dont le corps est réduit en cendres fumantes. Quelles images horribles ! Un film pour les enfants ? Les adultes ne respectent plus rien de nos jours. Je donne quelques baffes supplémentaires à Sonia, pour la punir d'avoir choisi un si sinistre programme. Je prends sa tête entre mes mains et tente d'écraser avec mes pouces ses petits yeux perfides, fins comme des meurtrières. Elle ferme fort les paupières, mais j'ai bon espoir d'en crever au moins un. Elle hurle. On parvient à nous séparer, de justesse.

Quel dommage ! L'échauffourée cesse aussitôt. Juliette tient dans ses mains des touffes de longs cheveux appartenant aux copines de Sonia. Quelle force prodigieuse ! Simon souffle et halète comme un chiot. La voix de la directrice fuse :

« J'hallucine, là ! Des gosses, vous êtes de vrais gosses ! À vos âges ? Pitié !

— C'est Louise, balance Sonia. Elle ne peut plus vivre ici : virez-la !

— Tais-toi ! C'est toi qui décides ? Non. Vous savez quoi ? La séance est annulée, la prochaine aussi.

— Oh non ! entend-on en chœur.

— La carotte et le bâton ! Punition collective. Vous remercierez Louise ! »

Tous me jettent des regards accusateurs, mais je m'en moque. Je déteste cet endroit, je déteste les autres, et Sonia méritait cette correction. Je m'enfuis en courant, le visage ruisselant de larmes, en colère, et m'égare plusieurs fois avant de retrouver la porte de ma chambre.

J'aimais bien, moi, les soirées film.

« C'est une blague… Le delta est déjà là ? »

Face à ma colère froide, Simon baisse les yeux.

« Depuis hier ! lâche-t-il, penaud. C'est même toi qui… »

Je le coupe :

« Vous auriez dû me prévenir, tout de suite…

— Mais ! Mais ! Tu étais avec nous ! » ment Juliette.

Simon lui met un coup de coude dans les côtes.

« Eh ! On voulait te faire une surprise, plaisante-t-il.

— Ben, c'est râpé. »

Je m'éloigne et fais les cent pas dans le hangar. À quoi jouent-ils tous les deux ? Est-ce qu'ils se paient ma tête ? Personne ne me doublera dans cette histoire. Si la confiance ne règne pas entre nous, je les fliquerai comme papa fliquait les ouvriers dans son usine.

Plus rien ne m'étonne de la part de Juliette : mensonges, cachotteries, trahisons… Qu'importe ! Elle est lâche et faible. De son côté, Simon demeure loyal. Dans les couloirs, je l'observe parfois en cachette, des camarades essaient de le soudoyer pour réparer un évier qui fuit, régler une climatisation ou fixer un tableau. Il répond poliment qu'il est très occupé en ce moment. Malgré cette popularité dont j'ignorais tout, il tient parole et me réserve son temps libre. J'apprécie cette qualité rare chez un garçon : la gentillesse. Alors, pourquoi m'avoir caché la livraison ? Dans ma poche, je broie du bout des doigts un gâteau au chocolat volé ce midi à la cantine. Je voulais le remercier pour son aide. Il n'aura rien.

Je reviens et demande en bougonnant :

« Tout s'est bien passé au moins ?

— Si tu avais vu la tête du vendeur, se remémore Simon. Oh là là ! Avec son accent du coin, il nous a demandé : "Maiiiiiis… C'est pour vous ? Maiiiiiis… Dites-moi ! Vous n'allez pas voler avec, à votre âge !" Il avait l'air tiraillé entre son intérêt et sa moralité. Devine qui a gagné ? Hein ?

— Oui, qui a gagné ?

— Pour soulager sa conscience, je lui ai répondu que c'était pour un cadeau. "Ah ! Les petits enfants ! Les petits enfants !" Il répétait ça pour se rassurer, doutant de mon bobard. Il s'est garé devant le hangar sans se faire repérer, et nous a aidés à le porter jusque-là. Ça pèse une tonne, ce truc. Ça aurait pu tourner au vinaigre.

— Oh oui ! Au vinaigre.

— Avant de repartir en camionnette, il s'est retourné plusieurs fois tandis que nous lui faisions de grands signes d'au revoir. »

J'esquisse un sourire, imaginant la scène.

« Les monos n'ont vraiment rien vu ?

— Hein ! Les quoi ? s'étonne Juliette qui se frotte la tête.

— Joël et la directrice, pardi !

— Ah... Eux ! Rien à signaler », affirme Simon qui se remet au travail.

Toujours furax, j'inspecte le deltaplane à mon tour. Il semble en assez bon état pour voler, malgré quelques réparations nécessaires. Du bout des doigts, je frôle une bombe aérosol, si froide que je frissonne. Je la saisis et me mets à teindre tout l'appareil en rose. De la fumée s'évapore, des gouttes de peinture coulent le long de mes doigts. Je m'acharne dans une furie expiatoire. Quand je serai là-haut, je veux que tous me voient. Un point rose dans le ciel qu'ils ne rateront pas. Et je rirai au nez de tous ceux qui ont cru pouvoir m'emprisonner.

*

Tantôt Juliette somnole, tantôt elle s'éveille en poussant des onomatopées.

« Je peux aider ? Je peux aider ? demande-t-elle, couchée sur un grand pneu qui noircit sa robe.

— Non…

— Je sers à rien. »

Elle se rendort en gémissant. Je tousse, à moitié asphyxiée par la peinture, et la rejoins. Les yeux fermés, elle affirme, soudain sûre d'elle :

« Je vais partir avec toi. Promis ! C'est décidé. Ça va marcher. »

Je ne réponds pas. Peu importe sa décision, qu'elle m'accompagne ou pas. Seul l'état du trapèze, légèrement fendu, m'inquiète. En cas de choc ou de vents forts, cet élément central pourrait se briser en l'air, m'entraînant dans une chute mortelle. Simon s'attelle à le consolider avec d'impressionnants outils. Quelques heures passent. Il soude et colle, habile et rapide. Des étincelles crépitent. Ça s'enflamme. Une odeur de cramé envahit tout le hangar.

Je lui demande :

« Comment… as-tu appris… à faire tout ça ?

— Oh là là ! Une bien longue histoire.

— Allez, raconte…

— En résumé, j'étais apprenti chez les Compagnons du devoir, dans une autre vie. »

Mes joues rougissent tandis que je m'écrie :

« La chance ! J'aimerais apprendre un métier… et étudier dehors.

— On en revient, tu sais ! grimace-t-il. Le monde de l'entreprise… Pouah ! »

Je réalise alors :

« Mais… tu es… plus vieux que moi ?

— Euh, oui ! répond-il, mal à l'aise.

— On dirait pas.

— D'une certaine manière, j'aimerais avoir ton âge et ton insouciance. »

Le temps avance et, avec lui, son implacable logique : mes camarades vieillissent dans le château, ils ne restent pas des enfants pour toujours. Enfin, ceux qui survivent… Je déglutis, angoissée à l'idée de dépérir ici comme Simon, et de mourir. Je demande :

« Pourquoi tu es là, toi ?

— Pff ! Je te l'ai déjà dit. Tu m'écoutes de temps en temps ? »

Je baisse la tête. Je le sais, j'ai tendance à me concentrer sur mes projets, à ne pas faire assez attention aux autres. Maman répétait souvent « Cette fille doit être un peu autiste, comme son père, elle est plus intéressée par les choses que par les gens », tout en me caressant les cheveux comme pour dire : « Ce n'est pas grave, chacun est comme il est. »

« Bref ! abandonne-t-il. Je préfère vivre ici et aider, plutôt que de végéter chez moi tout seul. »

Et moi ? Que ferai-je une fois libre ? J'aimerais travailler dans l'aviation, devenir pilote ou quelque chose du genre. J'ai ce rêve dans le sang depuis toujours. Tous les beaux avions que mon père concevait avec ses ingénieurs, je voulais les piloter, caresser les nuages, contempler la mer et les villes d'en haut.

Papa rêvait que je devienne comme lui, il essayait de m'apprendre, mais les chiffres, la technique, tout ça me barbait.

*

La mâchoire serrée, Simon fixe deux harnais au delta avec des sangles.

« Essaie ça », m'ordonne-t-il, croquis en main.

J'enfile un harnais, me place sous l'aile et pose mes mains sur le trapèze. Au-dessus de moi, l'aéronef paraît immense. Sans bouger, j'attends quelques secondes.

« Eh bien ? s'étonne-t-il.

— Je fais… un test…

— Un test ! Un test ! réclame Juliette.

— Attends, attendez…

— Qu'est-ce qu'on s'amuse ! »

Quelques minutes passent. Me voilà tétanisée de la tête aux pieds : pourquoi me suis-je lancée dans cette aventure ? Je ne sais pas voler… Dans quelques semaines, je serai suspendue en l'air à cette aile avec, en dessous de moi, le vide et la mort.

« C'est bizarre, commente Juliette en rompant le silence. On se prépare à ce que tu fasses quelque chose de fou, mais il ne se passe rien, absolument rien. »

Si mes amis me voient flancher, ils m'abandonneront. Je dois sauver les apparences… Mais que faire avec ce truc entre les mains ? Tant pis ! Je fais mine de vérifier la solidité du trapèze, caresse certaines sangles, examine l'installation, sautille… On croirait une intello qui ouvre le capot d'une voiture pour trouver la panne – personne n'est dupe. Je me concentre, ferme les yeux et respire profondément. Une idée viendra peut-être : un souvenir, un geste… À l'horizontale ? Se pencher et courir… Quelque chose rampe depuis le fond de mon être, quelque chose d'enfoui… Je… Non, en fait, je ne sais pas quoi faire : je suis perdue.

« Alors ? me demande Simon.

— Parfait, je réponds du ton le plus assuré possible. Beau travail !

— C'est solide ?

— Ça passera… ou ça cassera.

— Oh là là ! Je… je vais t'éviter ça », bégaie-t-il, soudain très pâle.

Il me détache, me soulève par la taille et reprend quelques soudures avec son masque d'ouvrier. Son visage transpire devant les flammes ; des étincelles bleues et rouges crépitent à nouveau. Je lui tends une bouteille d'eau et essuie son front. Il me regarde d'un drôle d'air.

« Louise est amoureuse ! pouffe Juliette. Louise est amoureuse !

— N'importe quoi. »

Elle s'approche et me chatouille, le hangar résonne de nos rires insouciants.

*

Le deltaplane et les travaux cassent ma routine, les jours éternels, lents, qui se suivent et se ressemblent. Ce château rend amorphe. Ici, on perd l'appétit, le désir. On tourne comme un poisson dans un bocal. Les nouveaux arrivants dépérissent à vue d'œil d'ailleurs, en quelques mois : ils débarquent à peu près vifs et finissent complètement apathiques.

Avoir un rêve change la donne.

Quel bonheur ! Je mange comme quatre. Il faut prendre des forces pour le grand saut. L'enthousiasme se propage, très contagieux. Juliette pleurait beaucoup avant, maintenant elle rigole avec nous. Simon embellit aussi, ses cernes s'estompent, son teint jaune s'arrange, je le trouve de plus en plus beau. Nous rions, nous rions beaucoup.

Lors d'un second raid dans le bureau de Joël, Juliette m'a montré un site incroyable. Je n'ai pas retenu le nom, mais peu importe. On y trouve tout, même des tutoriels sur le vol libre. Depuis, je m'entraîne dans ma chambre et répète les mouvements – s'attacher au harnais, attraper le trapèze, courir vite, se pencher en avant, etc. –, comme les pilotes de la patrouille de France juste avant une démonstration.

Même les monos s'étonnent de notre joie de vivre, de notre énergie ; ils nous croisent parfois en plein débat sur la meilleure manière de décoller ou concentrés sur le tracé optimal pour s'évader.

Nous chuchotons et eux se félicitent, croyant aux effets miraculeux de leurs soins. À part Joël, c'est vrai qu'ils ne sont pas méchants… Mais notre bonheur leur est extérieur, ils n'y sont pour rien, ils ne comprennent rien, et c'est leur faute si je suis prisonnière.

Seules les ailes du deltaplane me donnent du courage.

*

Tout à coup, quelqu'un entre, alors que nous terminons les dernières réparations. Simon cesse de souder et, avec Juliette, recouvre le delta de plusieurs draps noirs.

« Punaise ! râle Simon. Qui c'est encore ? Bloque ce fouille-merde ! »

Je fonce vers la porte avec un objectif simple : gagner du temps, quitte à en venir aux mains. Est-ce à nouveau Sonia ? Depuis plusieurs semaines, cette cafteuse rôde mais ne parvient pas à nous surprendre. Une chance que son fauteuil roulant couine, on l'entend arriver à des kilomètres.

À l'entrée du hangar, je tombe sur une personne que j'aurais préféré ne jamais croiser ; son regard me glace le sang instantanément.

« Ça sent le cramé ! dit Joël, la voix lointaine, grave et calme.

— Ah bon ? Pourquoi tu dis ça ? »

Il renifle et me fixe (je transpire) en caressant sa moustache brune, tout sourire.

« Vous fumez en cachette ou quoi ? Si tu veux, dis-moi : je te filerai des clopes. »

Je saisis la chance de détourner son attention.

« Oui… Je veux bien… un paquet. C'est combien ?

— Quinze balles.

— C'est cher, non ?

— C'est le prix dehors, ma p'tite.

— Ah, désolée… Je ne suis plus au courant de ces choses-là.

— Y a pas de mal ! Faut bien se faire plaisir un peu. »

Joël scrute le hangar, réfléchit à haute voix :

« Quel bordel ! J'vais revenir avec les autres pour ranger tout ça. Faut pas traîner dans l'coin, vous allez vous blesser avec toute cette ferraille. »

Catastrophe ! Si les monos fourrent leurs pattes ici, mon évasion est fichue. Nous devons agir vite et avancer la date du décollage.

Il se tourne vers moi.

« Au fait, j'te cherchais. T'as de la visite !

— Quoi… Comment ? »

Je manque de m'étouffer : jamais personne ne vient me voir.

« Suis-moi, j'te dis ! On t'attend. »

Mes complices m'encouragent à le suivre : ils ont besoin d'un petit moment pour les finitions. Je joue le jeu. Je dois l'éloigner de notre repaire, et après tout une rencontre me changera peut-être les idées.

À peine sorti du hangar, Joël m'attrape par le bras.

« Pas un mot sur ta dernière évasion ! OK ?

— De quoi tu parles ?

— J'sais que tu nous as vus l'autre jour, m'dame Stéphanie et moi. »

Je ne réagis pas, ce qui semble le rassurer. Il m'agrippe et avance d'un bon pas.

Cette visite m'inquiète. Si j'avais su, je me serais habillée avec des vêtements plus décents et propres. Des traces de crasse strient ma robe, à cause des pneus sur lesquels j'étais assise avec Juliette. J'ai de la peinture rose sur les mains que je cache dans mes poches.

« Qui… veut me voir ? je lui demande.

— Quelqu'un d'important. »

Derrière sa moustache, il murmure aussi « pauvre fille », mais je fais comme si je n'avais rien entendu.

Nous arrivons dans le parc du château où quelques camarades se promènent, les mains derrière le dos, voûtés, tristes comme toujours. Ils m'observent telle une bête curieuse.

Parmi eux, une jeune femme assise sur un banc lit un roman. Sur les bords de l'allée, des impatiens et des roses multicolores poussent ; de grands peupliers la protègent d'une ombre fraîche. Elle est la plus belle créature que j'ai vue depuis longtemps... Je ne suis pas seule à admirer ses traits fins, son nez aquilin, ses yeux bleus et sa peau toute lisse. Dans le parc, ils la fixent, commentent sa beauté, et je décèle une lueur d'envie dans leur regard. C'est terrible... Oui, c'est comme s'ils voulaient être à sa place, la tuer, arracher sa peau et la porter comme une belle robe, pour vivre une autre vie, ailleurs. Moi aussi, j'aimerais cela, en vérité... Une pulsion malsaine me monte au cœur : le désir profond de posséder ce corps, cette enveloppe charnelle resplendissante.

Elle se lève à notre approche, range son livre et s'adresse à Joël sans même me regarder. Il lui tient un discours sirupeux, d'un ton bien différent de celui que je lui connais. Il la vouvoie : « Elle a des amis, vous savez, elle est bien entourée. » Bla bla bla ! Ils m'écartent de la conversation, pourquoi ? Je ne suis pas une plante ni un objet. J'ai tendance à mal dormir et à crier la nuit, continue-t-il, mais son équipe veille sur moi. Quel baratineur… Si je ne le connaissais pas si bien, je tomberais moi aussi dans le panneau. Elle le remercie, il s'éloigne, lui et sa tenue d'un blanc éclatant sous le soleil d'été.

*

L'inconnue m'enlace. C'est pour moi qu'elle est venue ! Son contact, étrangement, m'impose le silence, j'attends qu'elle m'explique. Je suis lasse d'être transportée de bras en bras, d'un lieu à un autre. Je préférerais être dans le hangar avec la grande fille et le dragueur. Comment s'appellent-ils, déjà ? Zut ! Je ne sais plus. J'ai des choses à faire… Du cerf-volant.

Nous nous asseyons sur le banc.

« Comment vas-tu ? demande-t-elle, m'extirpant de ma rêverie.

— À merveille ! »

Elle dit qu'elle s'appelle Sylvie. Ses taches de rousseur et ses cheveux cuivrés me rappellent la couleur des champs de tournesols qui cernent le château, en plus harmonieux encore.

« Tu manges bien, au moins ? »

Je soupire... Cette discussion me gêne. Que veut-elle à la fin ? Je jette un coup d'œil derrière moi : Joël nous surveille, assis sur un autre banc à quelques mètres, prêt à intervenir si nécessaire ; il pose son index sur ses lèvres en me fixant d'un air menaçant.

« Non, c'est pas fameux... Maman cuisine mieux.

— Je me souviens », dit-elle d'une voix cristalline.

Mon cœur s'arrête : est-ce une ruse ? Cette hypothèse me paraît probable... Je suis sûre que Sylvie et Joël, complices, essaient d'en savoir plus sur mes activités secrètes dans le hangar... Je ne tomberai pas dans ce piège grossier. Elle se masse les tempes du bout des doigts, puis me regarde avec douceur.

« Pierre et moi allons divorcer.

— Désolée, dis-je, soudain mal à l'aise.

— Tu n'y peux rien, continue-t-elle. J'ai juste besoin d'en parler. »

Elle sanglote, s'allonge, posant sa tête sur mes genoux et mouillant ma robe de petites larmes. D'instinct, je caresse ses cheveux qui fleurent bon le miel. Je me sens à ma place, utile, et tente de la rassurer.

« Allons… C'est fini… »

Alors que je pensais être la plus malheureuse sur terre, voilà qu'une jeune femme me raconte ses souffrances, son mariage raté, les infidélités de son mari qu'elle ne supportait plus, sa solitude, la culpabilité envers ses enfants.

« Ne vaut-il pas mieux qu'ils aient un père ? me demande-t-elle après un vibrant monologue.

— Ah non ! je la coupe tout de suite. Les garçons, vous savez… Ça ne vaut pas grand-chose. Ils pensent uniquement… avec la braguette ! »

Elle rigole de bon cœur et sèche ses larmes.

« Je sais, tu l'as toujours dit.

— Excusez-moi, mais, on se connaît ? »

Sylvie s'assombrit mais se force à sourire.

« Ne t'inquiète pas !

— Je crois… que… je vous reconnais, dis-je soudain.

— Je l'espérais. Je l'espérais tant.

— Vous êtes une monitrice… C'est ça ?

— Laisse tomber ! Ce n'est pas grave.

— Non… Vous n'êtes pas une mono.

— Ça m'a fait plaisir de te parler quand même. Je reviendrai te voir bientôt. Promis. »

Elle se lève, déjà prête à partir. Pourtant, des questions me viennent encore. Pourquoi elle n'y répond pas ? Tant pis ! Je la saisis par le poignet et lui murmure :

« Vous m'avez l'air si gentille. Aidez-moi ! »

Elle recule, effrayée, mais je la retiens. Je n'ai que quelques secondes pour tout lui expliquer avant que Joël n'arrive. Ce dernier se rapproche déjà, une veine saillante au front, signe de colère chez lui.

« Je suis prisonnière. Ne vous fiez pas aux apparences… aux fleurs, à ce joli jardin… à l'autre avec sa moustache… Ce château est une prison ! J'ai été kidnappée.

— Calme-toi », murmure-t-elle.

Je continue, pressée par le temps.

« Vite ! Il faut que vous préveniez mes parents : Jean et Marie Pujol… Ils me cherchent, sûrement. Nous sommes très riches, nous vous remercierons comme il se doit. Je vous en prie, appelez la police… »

J'aimerais lui dévoiler mon secret.

« D'accord, répond-elle en repoussant mon étreinte. Je… je leur dirai. »

Dans ses yeux, je lis la détresse, un tel désespoir. Je crois qu'elle comprend et réalise toute l'horreur de ma situation. Je lui souris en retour, rassurée, soulagée et convaincue qu'elle m'aidera. Cette femme m'inspire confiance au point que je décide de prendre un risque : lui montrer le plan de mon deltaplane, mais mon croquis a disparu. Confuse, je le cherche entre mon dos et ma ceinture, puis dans mes poches et mes chaussettes, en vain. Où est-il ? Quelqu'un me l'a volé ! Peu importe. Je n'ai pas assez de temps… Une larme coule sur ma joue, qu'elle essuie aussitôt d'un revers de mouchoir.

« Voilà, c'est fini, dit-elle. Je t'aime. »

Joël arrive, à toute allure.

Ils discutent un instant, échangent des phrases que je ne parviens plus à saisir, des mots rapides sur un ton de gravité, incompréhensibles. Je subis cette vie, ma propre lenteur, ce n'est pas ce que je veux ni ce que je suis. La jeune femme part en frottant son mouchoir contre ses yeux, et Joël me ramène en silence dans ma chambre.

*

Seule sur le lit, je sombre dans mes pensées.

Est-ce bien ma chambre ? Je ne reconnais pas les meubles. En face de moi, de nouvelles photos décorent le mur : des femmes et des hommes dont j'ignore tout m'observent. Je croyais les avoir arrachées… Il n'y en a qu'une que je reconnais, celle en noir et blanc, d'une petite fille heureuse avec ses parents.

Quelque chose me saute soudain aux yeux.

Je m'approche du mur pour vérifier, hallucinée, et pose une main tremblante sur ma bouche… Sur une des photos, je reconnais Sylvie. Oui, c'est bien elle avec ses cheveux cuivrés, son nez aquilin et ses taches de rousseur. Sur une plage, elle lit, en maillot de bain. Son corps luit, aussi splendide que son visage.

Je ne vois qu'une explication : c'est bidon. Je le savais : les monos se prennent en photo comme des figurants, c'est pathétique. Sylvie appartient à toute la clique du château et notre rencontre tout à l'heure était un piège. Elle était là afin de me soutirer des informations pour Joël, et elle a bien failli m'avoir avec ses petits airs, son ton doucereux et ses fausses confidences. Heureusement, je n'ai pas parlé de notre projet secret, mais j'ai été à deux doigts de craquer. Je m'en veux d'être si faible et fragile. J'arrache la photo.

En colère, je regarde par la fenêtre clouée.

Une lumière blanche m'éblouit. Je me sens lasse, lasse, lasse. Que voulait cette femme, déjà ? Je ne sais plus… Son visage s'estompe, son prénom aussi. J'aurais aimé en savoir plus sur elle. Peut-être qu'elle reviendra ? Son parfum me rassurait... Non, en fait, je préférerais construire mon cerf-volant... avec la grande fille et le dragueur. Oui... Ils m'attendent, mais où ? Comment les rejoindre ? Cette visite m'a stressée. Je perds mes repères. Il faut que je souffle, que je respire.

Je m'allonge sur le lit, tout habillée.

*

Combien de temps ai-je dormi ? Je l'ignore. L'obscurité commence à poindre.

« Hé, Louise ! »

Quelqu'un me secoue par les épaules. Ensommeillée, je chuchote :

« C'est qui ?

— C'est moi, Simon. Idiote !

— Ah oui... Je voulais te rejoindre... pour faire du cerf-volant.

— Hein ? Mais tu me chantes quoi ?

— Mais je n'arrivais pas... à me souvenir où nous avions rendez-vous.

— On était dans le hangar, comme d'habitude.

— Oui... Oui... Bien sûr.

— Bon ! Peu importe ! On a un problème, je te dis. Suis-moi ! »

Il me tire hors du lit par la main, si paniqué que je ne négocie pas. Nous courons dans les couloirs. Il est tard, bientôt l'heure de manger. Tous ces bouleversements m'ont ouvert l'appétit, mais Simon me conduit jusqu'au hangar, où je reconnais le deltaplane enfin réparé. Qu'est-ce qu'il est beau ! Ah, oui ! Ça me revient… Je vais m'envoler de la falaise avec cet appareil. Seigneur, qu'est-ce qui m'arrive ? Pourquoi tout m'échappe ?

Dans un coin, Juliette chouine.

« Louise, j'ai fait n'importe quoi. »

Elle est recroquevillée sur elle-même, les fesses sur une malle en fer, l'air terrifié et les yeux exorbités, les cheveux hirsutes. J'entends des cris étouffés que je n'arrive pas à localiser.

« Pardon, j'ai fait n'importe quoi. Pardon ! »

Horrifiée, je m'approche de la malle qui tremble par saccades. Juliette se lève et j'ouvre lentement la carcasse métallique.

À l'intérieur, Sonia est ligotée. Un tissu noir enfoncé dans sa bouche assourdit ses cris. Ses yeux de déléguée perfide me dévisagent.

Cette catastrophe sonne le glas de mes espérances. Je referme la malle dans un claquement métallique qui résonne à travers tout le hangar.

« C'est quoi ce bazar ? »

Simon baisse les yeux. Après quelques secondes, Juliette se décide enfin à me répondre :

« Sonia a débarqué cet après-midi.

— Ton unique rôle consistait à faire le guet !

— Je suis désolée. Je ne l'ai pas entendue approcher à cause des bruits de soudure.

— Espèce d'incapable !

— Je suis impardonnable. Impardonnable. »

Elle pleurniche. Comment ai-je pu la prendre dans l'équipe ? La colère me rend injuste, je sais… Je m'en veux surtout de ne pas être revenue à temps, d'avoir perdu mes esprits. Si j'avais été là, ce ne serait pas arrivé. Je n'ai pas le temps de ressasser, je dois trouver une solution, et vite.

« Et que fait-elle… dans une malle… au juste ?

— Attends ! Attends ! Je vais tout t'expliquer. Elle l'a vu. Elle a vu notre secret : le deltaplane. Elle voulait nous dénoncer à Joël. Alors je l'ai attrapée, soulevée et enfermée dedans.

— Quelque chose ne tourne pas rond chez toi.

— Tu es en colère contre moi ? Ce n'est pas ce que tu aurais fait ? »

J'inspire une grande bouffée d'air : après tout, elle a peut-être limité la casse.

« Tu as fait… de ton mieux. N'en parlons plus, d'accord ? »

Juliette éclate en sanglots, soulagée, et pose sa tête contre mon épaule ; elle brame, se mouchant presque sur moi et geignant quelques excuses.

Je réfléchis. Si nous libérons Sonia, elle nous dénoncera et tous mes efforts auront été vains. Ce retour à la case départ me tuera, j'en suis certaine ; je n'aurai plus la force de tenter une nouvelle évasion. Mon corps me lâche, ainsi que mon esprit, la faute à ce château, à la nourriture qu'ils nous donnent, à l'air vicié.

Ce vol sera mon baroud d'honneur, quoi qu'il m'en coûte.

À l'intérieur de la malle, Sonia s'agite, rue, hurle des sons qui restent inaudibles au-delà de quelques mètres, une chance pour nous.

Et si je la laissais mourir dedans, asphyxiée dans une lente agonie ? L'idée de faire taire à jamais cette cafteuse, qui se venge de n'avoir pas de vie en s'occupant de celle des autres, qui se moque de moi depuis que je suis arrivée ici, me séduit au plus haut point.

« Hé ! lance Simon. Il y a au moins une bonne nouvelle : le delta est prêt. »

À ces mots, l'espoir renaît. Je lui souris et le serre dans mes bras. La bataille n'est peut-être pas perdue, à condition de faire preuve d'habileté.

Sans plus attendre, j'ouvre la malle.

À l'intérieur, les yeux écarquillés, Sonia bave sur son bâillon, en proie à une panique incontrôlable. J'attends que le calme revienne. Après un silence, je m'approche et murmure :

« Écoute-moi… la grosse !

— Hmm ! Hmm ! répond-elle.

— Il faut que je te cause. Arrête de crier…

— Hmm ! Hmm ! Hmm !

— Tais-toi ou on te laisse crever là-dedans.

— Hmmm ! Hmmm ! Hmmm ! Hmmm !

— Euh… bégaie Juliette. Je ne suis pas d'accord, je…

— Chut ! je lui réponds en aparté. Tu y es jusqu'au cou toi aussi. Laisse-moi faire. »

La captive me regarde, silencieuse et terrorisée. Ses bourrelets débordent de son tee-shirt trempé de sueur. Ça sent la peur et l'angoisse, l'urine aussi. Sa jambe plâtrée se tord dans une position improbable. Comment Juliette a-t-elle réussi à la faire entrer là-dedans ? Quelques mètres plus loin, un fauteuil roulant renversé laisse deviner la violence de sa capture.

« Je vais t'enlever ça pour qu'on discute en douceur. »

Sonia acquiesce. Je lui retire son bâillon.

« Vous êtes fous ! commence-t-elle, haletante.

— Folie ou intelligence, quelle différence ? Il s'agit des deux faces d'une même déviance.

— Libérez-moi ! Ma disparition va être remarquée. Mes amies vont s'inquiéter et Joël fait l'appel dans le réfectoire tous les soirs. Vous… Vous êtes foutus ! »

J'éclate de rire :

« Tu crois quoi ? Que tu manqueras à quelqu'un ? »

Ses copines l'oublieront, comme elles ont déjà oublié tous les autres. Au château, chaque jour des camarades meurent dans l'indifférence la plus totale. Ici, nous sommes des moins-que-rien. Je n'ai pas le temps de lui expliquer ce que je sais, ce que j'ai vu. Elle rejoindra bien assez tôt la liste des disparus.

Je lui demande plutôt :

« Tu as vu mon beau deltaplane ?

— Je m'en moque, de ton truc, comme de l'an quarante. Libère-moi !

— Avec ce truc, comme tu dis, je vais me tirer par les airs.

— Ha ! Ha ! J'aimerais bien voir ça.

— Non, tu ne verras rien de tout ça. »

Elle interpelle Simon, espérant le raisonner – je sais qu'elle éprouve des sentiments pour lui –, et constate qu'il reste à mes côtés, inébranlable.

« Louise, tente-t-elle encore. Il n'y a rien pour toi dehors… Tu es condamnée, comme nous tous. Crois-moi ! Tu…

— Tais-toi ! Tais-toi ! »

Je l'attrape par le col de son tee-shirt et la secoue, en rage. Je ne veux pas entendre ses histoires mensongères ; plutôt la tuer que de l'écouter une seconde de plus.

« Au secours ! » hurle-t-elle.

Je ferme de toutes mes forces la malle qui cogne sa tête lourdement.

*

« Non ! Je ne veux pas qu'on lui fasse de mal », supplie Juliette, accroupie par terre.

Simon soupire en vérifiant son état :

« Pfiouu ! On a de la veine. Elle s'est seulement évanouie. Son pouls et sa respiration sont réguliers.

— Ce n'est rien… Vous voyez… Juste un gros choc sur la tête.

— Dis ! Tu plaisantes ? Tu aurais pu la tuer ! »

Bien fait ! Et d'ailleurs, pourquoi parle-t-il au conditionnel ? Il n'a pas vu qu'elle saignait du nez. Peu importe, le temps joue contre moi, un retour en arrière m'est impossible.

Je déambule dans le hangar à la recherche d'une idée pour me dépêtrer de cette situation. Je pourrais me débarrasser du corps, le jeter à la mer. Faut-il plutôt que je dénonce Simon et Juliette aux monos ? J'envisage un instant une autre possibilité, celle de mettre le feu au hangar et d'effacer toutes nos traces. Soudain, je glisse une main dans la poche de ma robe et sens le contact d'une petite boîte, assez lourde, que je porte toujours sur moi en cas de nécessité.

« Eurêka… Je l'avais oubliée ! »

J'attrape la boîte, la secoue au-dessus de ma tête tel un trophée grelottant. Puis je dévoile son contenu à mes camarades en souriant.

« Waouh ! Des somnifères, s'émerveille Simon.

— Où tu les as trouvés ? m'interroge Juliette. Où ?

— Je recrache dedans tous les cachets que Joël me donne la nuit. »

Une bouteille d'eau traîne sur une table d'atelier. Cela fera l'affaire. Je gifle Sonia qui s'éveille et divague en se frottant la tête.

« J'ai mal… Qu'est-ce que…

— Bois ça tout de suite.

— S'il vous plaît, non !

— Bois ou je te tue ! »

À mon regard glacial, elle comprend que je ne plaisante pas et entrouvre les lèvres, tremblante. L'odeur d'urine me pique le nez. Puis je lui fourre dans la bouche une poignée de gélules violettes et le goulot de la bouteille d'eau. Elle avale de grandes gorgées, peinant à déglutir, elle vomit presque : ça coule le long de ses joues et sur ses vêtements.

Quelques minutes plus tard, elle dort profondément.

« Bon ! dit Simon. Avec cette dose, on est tranquilles jusqu'à demain. »

Nous cachons la malle, qui reste grande ouverte mais recouverte d'un drap noir, dans un coin du hangar.

*

Adossée contre un mur, je reprends mon souffle. Juliette me rejoint à gauche ; Simon s'assied à ma droite.

« Nous n'avons plus qu'une solution, dis-je.

— Laquelle ? » demande-t-il, les yeux dans le vague.

Juliette pleurniche, trop distraite pour réfléchir.

« Transportons… le deltaplane jusqu'à la falaise sans plus attendre.

— Le ciel s'assombrit déjà. Tu veux voler de nuit ?

— Non, j'aurais trop de moi à voir dans l'obscurité. Nous décollerons demain, à l'aube, aux premières lueurs.

— OK.

— Mais ! Mais ! réagit Juliette. Et Sonia ? Ils la trouveront.

— Pas avant demain. Le hangar est assez à l'écart du château. D'ici là, nous serons parties. »

Je tousse. Un grave problème demeure.

« Simon, en restant… tu vas être puni… pour nous trois…

— Je sais, ne t'inquiète pas pour moi.

— La colère de Joël sera terrible. »

Il se lève et nous tourne le dos.

« J'en prends la responsabilité. Ne t'en fais pas pour ça.

— Ils vont te priver de bricolage, d'accès au hangar, de tous tes privilèges…

— Je sais bien.

— Pourquoi est-ce que tu m'aides autant ?

— Tu ne comprends pas ? »

Des larmes me montent aux yeux. Plus j'apprends à le connaître, plus je le trouve beau. Pourtant, je ne peux pas lui donner ce qu'il désire.

« Quand je serai libre, je reviendrai te libérer… »

Cette promesse soulage ma mauvaise conscience.

« Dis… Tu t'occuperas de mon chat ? supplie Juliette, très tendue.

— Oui », promet-il aussi.

À chacun ses préoccupations, ses égoïsmes. Je les prends dans mes bras et il me semble, à cet instant, que je les aime vraiment.

*

Combien de temps faut-il pour transporter mon deltaplane jusqu'à la falaise ? Comment revenir avant l'heure du dîner sans être repérés ? Ces questions m'inquiètent, tout comme l'idée de traîner l'aéronef sur ses roulettes par des kilomètres de chemins et de routes ; il est très lourd, autant dire que, à pied, cela prendra des heures.

Un délai dont nous ne disposons pas.

Le crépuscule approche. Sans un mot, Simon se dirige vers un tracteur rouge et sa remorque, recouverts de rouille, qui prennent la poussière dans le hangar.

« Cette antiquité roule toujours ?

— Les jardiniers s'en servent parfois sur de courtes distances. »

Je suis si reconnaissante qu'il m'offre cette issue sur un plateau, une fois encore. Nous faisons rouler le deltaplane jusqu'au tracteur, puis tentons de le hisser sur la remorque. Il suffirait de le surélever d'un mètre, pas plus, et ce serait bon. Simon et moi forçons, forçons, forçons, sans parvenir à le bouger d'un iota. Juliette nous observe en bâillant. Il est si lourd que nous abandonnons quelques minutes plus tard.

En nage, Simon peste :

« Oh là là ! Bon, j'ai peut-être un treuil ou un cric quelque part. »

Le temps passe et il ne trouve rien.

Impatiente, Juliette se lève et s'approche du delta. Elle attrape le trapèze, ferme les yeux, puis tend ses muscles en poussant des grognements. Sur sa tempe, une veine se contracte. Elle souffle.

L'aéronef s'élève un peu. Elle force alors de toute son âme. J'oscille entre surprise et émerveillement face à son énergie prodigieuse. Je me précipite pour l'aider. Dans un râle bestial, elle hisse, à bout de bras, l'appareil sur la remorque. Simon le sangle à la hâte.

« Et voilà ! » lâche-t-elle, essoufflée.

J'ai honte d'avoir douté d'elle.

« Tu es parfaite, dis-je. J'ai une dernière mission de confiance pour toi.

— Tout ce que tu voudras.

— Retourne au réfectoire et distrais les monos si besoin. Ils ne doivent pas s'apercevoir de notre retard au repas.

— Oui, compte sur moi. »

Juliette appuie sur un interrupteur et la porte du garage s'ouvre. Le moteur pétarade au démarrage, tandis qu'elle nous adresse de grands signes d'au revoir. Ça pue le gasoil. Simon embraye et manœuvre dans d'inquiétants craquements, le volant entre les mains.

Le tracteur avance lentement.

Dehors, il fait très sombre mais encore jour. Je croise les doigts pour que personne ne nous remarque. Un détour par une petite route nous dissimule plus ou moins aux fenêtres du château. De toute manière, le risque est moindre : la plupart de nos camarades jouent au loto dans la salle de jeux ou regardent la télévision dans leur chambre à cette heure-ci, comme toujours, comme des morts-vivants. Moi, ce soir, je me sens en vie. L'euphorie me saisit à l'approche de la mer, avec mon deltaplane sur la remorque.

J'embrasse Simon sur la joue.

« Une avance… C'est tout… »

Il rougit, la main crispée sur le levier de vitesse, et accélère. Un épais nuage de fumée noire explose derrière nous, mais le moteur tient bon, cahote comme un grand-père. En une dizaine de minutes, les rivages de la plage apparaissent. Nous prenons un chemin de terre qui mène au sommet de la falaise. Le tracteur rugit dans la côte et les roues patinent dans la boue.

« Prends le volant ! hurle Simon dont j'entends à peine la voix dans le vacarme.

— OK. Comment je fais ?

— Appuie sur la pédale, pardi ! On manque d'élan sur les derniers mètres. »

Il saute, se place derrière le tracteur, puis pousse de toutes ses forces pour accompagner la vieille machine dans la montée.

« Oh ! Hisse ! Tout droit ! crie-t-il. On y est presque. »

Après quelques minutes d'efforts, mon chevalier, les chaussures et le pantalon recouverts de terre, remonte à mes côtés et nous gare derrière un buisson.

Il coupe le moteur.

Sa montre indique vingt heures. Nous disposons d'une demi-heure pour rentrer au réfectoire, un délai largement suffisant. Main dans la main, nous nous mettons à trottiner, riant à gorge déployée.

Sur le retour, je m'attarde au bord d'un champ de tournesols que la lumière du crépuscule dore, et cueille une fleur bien jaune. La plaine alentour ressemble à un tableau impressionniste de Van Gogh aux couleurs chaudes et chatoyantes. Cette beauté soudain m'émeut.

Simon crie à quelques mètres devant moi :

« Hé ! Faut se presser. On n'arrivera jamais à l'heure pour le dîner, sinon.

— Nous avons le temps… Tout se déroule comme prévu…

— Comme prévu ? s'étouffe-t-il presque. Et Sonia dans la malle, c'était prévu ?

— Ah oui… Je l'avais oubliée, celle-là.

— Tu me tues ! Louise, tu me tues. »

Je ne m'inquiète plus. Cette longue journée s'achève enfin ; la nuit tombe, délassant mon corps de ses angoisses. Le ciel tourne au violet. La joie s'empare de mon âme, car je serai là-haut demain.

Je souhaite profiter de ces derniers moments sur terre.

Au milieu du champ, un chêne majestueux se dresse, fier et solitaire. Mon père adorait cette essence forestière, plus que le hêtre, le sapin, l'épicéa, le frêne ou le bouleau, et m'a appris à la reconnaître parmi toutes, lorsque nous nous baladions dans les forêts. Cet arbre est le seul que je peux encore identifier aujourd'hui. J'y vois un bon augure, le signe que je le retrouverai bientôt.

Je cours en direction de ce vénérable et de ses branches massives, entremêlées, que le vent agite d'un câlin paternel. Je tends mes bras en l'air : comme un frêle oiseau, je vole déjà. Demain dès l'aube, je courrai sur la falaise ; l'aile du deltaplane tremblera peut-être et moi plus encore avant de me jeter dans le vide. Tout à coup, je trébuche contre une motte de terre, tombe, me relève et ricane. Une erreur de ce genre me sera fatale devant le précipice.

« Reviens ! » hurle Simon qui me poursuit.

Des mouettes s'envolent, dérangées par ma course. J'admire l'aisance avec laquelle elles planent. Au pied du chêne, je m'arrête et attends, me mordant les lèvres. Mon camarade me rejoint à bout de souffle et pose sa main sur mon épaule frissonnante.

« Pfiouuu... Tu as un sacré petit grain, toi ! » se moque-t-il.

Je saisis sa main sans me retourner.

« Je voulais te remercier pour tout...

— De rien ! répond-il entre quelques quintes de toux. Je t'aiderai jusqu'au bout. »

Je pivote et le fixe droit dans les yeux.

« Tu n'es pas obligé...

— Si ! Je vérifierai l'aile une dernière fois avant ton grand saut. »

Je m'approche de lui, maladroite, et murmure à son oreille :

« Voici ce qui te revient de droit. »

Une force intérieure me guide. La nature me donne son aval, c'est le moment, et Simon ne va pas contester cette pulsion. Les acouphènes sifflent fort dans mon crâne. Je n'y prête pas attention... Je relève la tête. Mes cheveux glissent en arrière, tandis que Simon se penche vers moi. Il tend ses lèvres vers les miennes en fermant les yeux.

C'est doux, humide, pas désagréable...

Mais sa langue ne rentre pas dans ma bouche. Tel était le contrat entre nous pourtant. Il me contemple de ses grands yeux cernés, presque vides. Pourquoi cette passivité ? Je suis contrariée… Qu'est-ce que ça fait, une langue dans ma bouche ? Si demain je m'écrasais, je n'aurais pas de remords ; le monde que je quitte me dégoûte. Je suis lasse, lasse, lasse. J'aurai tout tenté dans la lutte pour retrouver ma dignité. Je n'aurai qu'un regret : celui de ne jamais avoir embrassé comme une femme.

Je force un peu le destin. Je caresse sa nuque et faufile enfin ma langue entre ses dents. Simon chancelle, puis, reprenant ses esprits, me serre dans ses bras. Il respire fort. Moi aussi. Nous glissons à terre dans des craquements de genoux mutuels. Ses lèvres sèches me couvrent de baisers. De petites étoiles scintillent à l'intérieur de mes paupières et descendent vers mon nombril. D'une main ferme, il soulève ma robe, pleine de traces de cambouis. Il déboutonne sa ceinture avec difficulté, pour une fois malhabile, et effleure mon corps à demi dévêtu. Moi, je pétris ses épaules épaisses. J'ai un peu peur, aussi.

Il se couche sur moi. Nous sommes enlacés, tendrement, un long moment.

Mes doigts s'enracinent dans la terre, arrachent des touffes d'herbe que je lance en l'air : on dirait des confettis, si clairs qu'ils semblent blancs sous le ciel encore violet. Je ne pouvais pas rêver mieux.

Je ferme les yeux.

Les confettis blancs volent par milliers. Le temps s'arrête, ainsi que le bruit autour de nous. J'ai froid et chaud à la fois.

Simon vient en moi.

*

Je marche dans une église et des confettis virevoltent. Des enfants chahutent.

Des rires, des odeurs de gâteau à la crème, de la musique joyeuse... Plus particulièrement, un visage. Celui d'un homme qui me sourit et m'attend devant l'autel. Il porte un costume noir, très élégant ; il est beau.

Son visage demeure flou pourtant.

Moi, dans ma grande robe blanche, au bras de mon père, fier comme un coq. Assise au premier rang, ma mère pleure.

*

« Non, non... Arrête ! »

Je reprends mes esprits. Simon interrompt ses mouvements de bassin, soudain ridicules.

« Quoi ? me demande-t-il avec stupeur.

— Il ne faut pas… Je veux… Je ne peux pas… »

Il se retire, inquiet et frustré à la fois, bégaie : est-ce qu'il m'a fait du mal ? Il me demande à plusieurs reprises comment je me sens. Je lui caresse la joue et lui raconte le songe qui m'est venu à la lueur de la lune.

« Je comprends, murmure-t-il après m'avoir écoutée patiemment. Tu as eu une vie. »

J'éclate de rire.

« Une vie antérieure alors ! »

Simon scrute le ciel.

« Oui, ce doit être ça… »

Nous nous blottissons l'un contre l'autre, abandonnant l'idée d'arriver à temps pour le dîner. Dans la nuit désormais noire, je lui demande :

« Si tu avais un superpouvoir, ce serait quoi ?

— Oh là là ! Toi d'abord.

— La téléportation, pour voyager où je veux, fuir… en un claquement de doigts. »

Il réfléchit un instant.

« Eh bien ! Moi, je recommencerais de zéro avec un nouveau corps. Tu imagines ?

— Non, dis-je, ennuyée.

— Une nouvelle vie ! Je ne ferais pas les mêmes erreurs, je la vivrais plus intensément.

— C'est-à-dire ?

— Hum, je sortirais plus pour commencer, et je travaillerais moins. J'irais voir la mer plus souvent. Je danserais jusqu'au matin tous les week-ends.

— C'est tout ?

— J'aimerais sans compter. Ah, ça ! Je ferais l'amour à des filles de toutes les couleurs, aux moches comme aux belles, aux brunes, aux blondes et aux rousses, à toutes celles qui voudraient bien. Pourquoi pas avec plusieurs en même temps !

— Tu es vraiment un garçon… On te propose un pouvoir, n'importe lequel, et tu me parles de sexe.

— Hé ! C'est pourtant le seul sujet sérieux.

— N'importe quoi…

— Je n'ignorerais aucune de mes envies. Je n'aurais pas peur des autres cette fois. »

Ses paroles me plaisent, mais je n'en comprends pas la portée. Me surprenant moi-même, je lui propose :

« Fuis… avec moi.

— Ah ! Si seulement c'était la solution.

— Cette nouvelle vie dont tu parles est possible.

— Arrête ton char.

— Si… Prends la place de Juliette… Tu sais bien qu'elle se dégonflera.

— Regarde-moi. On ne peut pas être et avoir été.

— Je te trouve très beau.

— Pff ! Tu ne comprends pas... Rien ne m'attend dehors. Rien. Ici, je suis protégé. Je resterai au château jusqu'à la fin.

— Et tes parents ?

— Ils sont morts depuis un bail.

— Tu n'as pas un frère ou une sœur ?

— On ne se cause plus.

— Pas de... petite amie ?

— Moi aussi, plaisante Simon, j'ai été marié dans une vie antérieure. »

Je ne veux pas en savoir plus, car je sens poindre la jalousie.

« En fait, tu sais quel pouvoir j'aimerais avoir ? reprend-il, rêveur. Être une nouvelle personne chaque jour, comme toi. »

Une étoile filante traverse l'atmosphère, traînant ses longs cheveux incandescents.

*

J'ignore combien de temps nous avons dormi. Simon me soulève par le bras et nous reprenons la route en silence. Nous marchons. Quelques minutes plus tard, il me dit d'une voix tremblante :

« Louise ! Dis... Ne pars pas demain.

— Pardon ?

— Tu vas me manquer.
— Je reviendrai… te chercher.
— Oh ! Je ne suis pas si bête, tu sais. »
Je préfère ne pas lui mentir davantage.
« Et si le delta ne volait pas ? continue-t-il. Et si tu ne savais pas le piloter ?
— Tu ne m'en crois pas capable. C'est ça ?
— J'ai peur. Laisse tomber avant qu'il soit trop tard. »
La colère me tord le ventre. Je le savais… Simon m'aidait pour une unique raison : obtenir un câlin. Ayant eu ce qu'il désirait, il montre son vrai visage, celui de la défiance et du doute.
« Tu n'es qu'un lâche…
— Non, je…
— … comme tous les autres ! Et dire que je te faisais confiance. »
Je m'enfuis en courant. Des larmes coulent le long de mes joues. D'ordinaire, c'est Juliette qui pleure ainsi. J'ai honte de ma faiblesse, que je m'étais promis de ne plus montrer. Simon tente de me rattraper.
« Louise ! Je t'aime ! Reviens. »
Mais je suis plus rapide. Sa voix se perd dans les bourrasques. Pourquoi a-t-il gâché un si beau moment ? Suis-je du genre à changer d'avis à la dernière minute ? J'angoisse, j'oublie, mais

je ne manque pas de courage ni de détermination. Je place mes idéaux au-dessus de ma propre vie.

Je m'envolerai seule, sans personne, et ce sera mieux ainsi.

*

Après une vingtaine de minutes de marche, le château apparaît, calme et silencieux. Toutes les lumières sont éteintes, tous dorment comme des poules. À ma montre, il est vingt-deux heures à peine. Ainsi va la vie ici : dans le silence, la langueur et l'ennui.

Ces idiots de monos n'ont pas remarqué mon absence, semble-t-il.

J'entre par le hall principal. Où est ma chambre, déjà ? À droite ou à gauche ? Je me frotte le front, perplexe. J'habite au rez-de-chaussée… ou peut-être au deuxième étage. Au hasard, je prends le premier couloir qui se présente à moi. Je monte par l'escalier jusqu'au premier. Puis je tente d'ouvrir une première porte avec la clé qui pend à mon cou. Raté. Ce n'est pas la bonne. J'erre tel un fantôme dans un cauchemar. Durant une éternité, les portes se succèdent ainsi, identiques, grises. Serrure après serrure, je m'enfonce dans un enfer sans fin, aseptisé, qui sent la javel et la mort.

« Je veux rentrer chez moi, nom de Dieu ! » je crie en frappant un mur.

Le temps m'engloutit minute par minute, m'échappe. Accroupie au sol, la tête entre mes mains, je m'arrache les cheveux. La perspective du couloir avec ses centaines de portes similaires m'oppresse. Oui, l'infini m'effraie : les fonds marins, l'espace, le symbole mathématique… et plus encore ce maudit couloir. J'ai si soif. On me retrouvera morte par déshydratation. Quel dommage ! J'y étais presque, j'allais m'envoler et me sortir de ce guêpier. Je sanglote entre honte, colère et regret.

Une porte s'ouvre soudain et une fille en chemise de nuit se penche. Je reconnais une amie de Sonia. Mon sang se glace de peur qu'elle ne m'interroge.

« Qui pleure ? »

Elle baisse les yeux vers moi. Affalée par terre, je parviens seulement à sécher mes larmes pour garder un semblant de dignité.

« Louise ! Qu'est-ce que tu fous là ?

— Rien… Rien… Je…

— Ta chambre, c'est celle d'en face. Écris-le sur un papier une bonne fois pour toutes. »

Elle claque la porte aussi sec. Épuisée, je me retourne et, suivant ses indications, j'insère enfin ma clé dans la serrure. La poignée de ma chambre se déverrouille dans un doux cliquetis qui me donne la chair de poule. Quel soulagement : je vais pouvoir prendre une douche chaude, boire, manger un peu et me reposer, car demain viendra vite.

*

Mais le destin ne me laisse aucun répit.

Quelque chose cloche, à l'intérieur, la lumière est allumée. Ce n'est pas normal… Je l'éteins toujours avant de sortir. J'avance sur la pointe des pieds.

Assise sur le lit, Juliette m'attend, les yeux rouges et pochés. Elle me regarde en se rongeant les ongles. Que fait-elle ici aussi tard ? Je me sens soulagée par sa présence et m'avance pour tout lui raconter : le deltaplane en sécurité, la réussite de notre plan, le vol prévu à l'aube… Mais elle pose son index sur sa bouche d'un air paniqué : je dois me taire, elle n'est pas seule… Des gouttes de sueur perlent le long de mon dos. Dans un angle mort de la chambre, Joël patiente en pianotant sur son téléphone portable.

« V'là la star, s'exclame-t-il sans lever les yeux de son écran. Allez ! On file dans l'bureau d'la directrice. »

Du papier parfumé brûle dans une coupelle en porcelaine. L'effluve s'élève jusqu'au plafond, se mêlant aux huiles essentielles de miel et de lavande.

« J'attends vos explications, dit la directrice.

— Ça cocotte, ici », obtient-elle pour seule réponse de ma part.

Plus l'agacement tord son visage sec, rêche, plus je jubile. Ses doigts tapotent le bois de son bureau, en une vague impatiente d'ongles roses. Sur chacune de ses phalanges, des bagues d'or s'entrechoquent.

Assise face à elle, je croise les bras et me promets de ne rien dire, de ne pas céder, mais qu'en sera-t-il des deux camarades à mes côtés ? Combien de temps résisteront-ils avant de tout déballer ? À ma gauche, Juliette craque déjà.

Au seuil de la fêlure, elle entortille ses cheveux entre ses doigts, de la morve lui coule du nez, ses jambes tremblent au point que je me demande si elle ne va pas se pisser dessus. Simon m'inquiète moins : le souffle court et le front luisant, il vient d'arriver et récupère, les deux mains en appui sur ses genoux. Les monos l'ont attrapé à mi-distance entre le château et la plage, en train de pleurer contre une borne kilométrique.

Je n'ose pas croiser son regard doux et gentil. Alors qu'il me confiait ses craintes, je l'ai rejeté tout à l'heure. Je me suis encore laissé prendre par la colère. Cette émotion me submerge souvent, comme une mer acide, et brûle mon sang et mon discernement. Je m'embrase des orteils jusqu'aux yeux. Dans ces transes, je deviens une torche humaine. Hormis ce feu, plus rien ne compte. J'ai essayé de le canaliser, en vain. Plus je me refrène, plus j'explose. Je blesse tous ceux que j'aime autour de moi, pour finir seule et pleine de regrets. Chaque fois, mon satané orgueil m'empêche de demander pardon. Oui, j'ai de nombreux vices : colère, orgueil, rancœur, défiance… Pourquoi Simon ne me dénonce-t-il pas pour se venger ? À sa place, je l'aurais fait depuis longtemps, car je n'ai pas sa grandeur d'âme.

Est-ce la première fois que je viens dans cette pièce ? Je crois bien... La décoration me glace, froide et impersonnelle. Il n'y a aucun tableau sur les murs. Aucune plante. Aucun cadre ni photographie ni souvenir. Juste un grand écran d'ordinateur, des pochettes cartonnées multicolores, quelques stylos et des feuilles volantes empilées. Des kilos de paperasse.

Derrière nous, Joël fait les cent pas.

« Où c'est qu'elle est ? demande-t-il soudain.

— Qui ? dis-je d'un ton faussement ingénu.

— Sonia !

— Je ne... connais... pas.

— C'est ça ! Fous-toi de ma gueule.

— Premier à coopérer, premier pardonné », promet la directrice.

Agitée, agressive, cette dernière n'a que cette question à la bouche : où est Sonia ? Depuis une heure, elle multiplie les appels sur son téléphone portable, s'exaspère ou gratte ses cheveux blonds et frisés, en proie à des démangeaisons incontrôlables. Brusquement, elle hurle :

« Je suis sûre que vous le savez ! »

Elle frappe du poing son bureau, tandis que je souris.

« Alors ? Crachez vot' Valda ! » renchérit Joël en écho.

Juliette bégaie, tête baissée. Simon hausse les épaules d'un air ennuyé. Derrière moi, le mono se rapproche, pose ses mains sur le dossier de ma chaise et murmure à mon oreille :

« Qu'est-ce qu'vous foutez dans le hangar ces derniers temps ? »

Je perds mon aplomb, tandis que mon cœur saute une pulsation. Combien de temps avant qu'ils ne découvrent le deltaplane et Sonia ? La salive me manque. Aucun mot ne me vient pour répondre, mentir ou jouer la montre. Ma respiration haletante me trahit, alors que le ton monte entre la directrice et Joël, en aparté :

« Quoi ? Ces trois-là rôdent dans le hangar ?

— Ouais. Souvent.

— Pourquoi ne les as-tu pas mis dehors ? »

Silence. Je savoure leurs chamailleries, un excellent contre-feu.

« Sous-effectif, justifie-t-il. Pas le temps de m'occuper de ça.

— Il m'a vendu… des cigarettes », j'ajoute pour semer plus encore la zizanie.

Deuxième silence.

« Les bras m'en tombent, fulmine-t-elle. Je suis entourée d'incompétents.

— S'cuse moi.

— As-tu au moins vérifié si Sonia se trouve là-bas ? »

Joël pince les lèvres, vexé, me jette un regard noir, puis répond :

« J'irai après. Y a rien, j'parie. À part un bordel sans nom. »

La providence penche de notre côté : nous bénéficions d'un sursis. Mes yeux croisent ceux de Simon, aussi hallucinés que les miens. « Aurons-nous le temps d'agir ? » s'interroge-t-il sans doute. Ce vol semble plus que jamais compromis.

Il me sourit, timidement.

J'aimerais lui rendre ce sourire, lui dire que j'ai compris, que je l'aime, mais je me sens vide et lointaine tout à coup…

*

Pourquoi suis-je ici ?

Cette vie est infernale.

J'aimerais que cela cesse, une fois pour toutes. Il n'y a plus rien pour moi dans ce monde. Je sombre… Je divague… Je flotte au-dessus de mon propre corps.

« Es-tu avec nous ? » me demande une femme aux cheveux frisés et blonds, assise en face de moi.

Non, je ne suis plus là. Oubliez-moi. Je ne suis plus moi-même depuis si longtemps. Je regarde par la fenêtre. Il n'y a rien, à part l'obscurité et le néant. Un horizon reposant pour mon esprit qui s'effondre.

« Qui… êtes-vous ? » je lui réponds.

La dame blonde souffle, le sourire crispé, croyant que je me moque d'elle. Tant mieux : je préfère susciter l'agacement plutôt que la pitié. À ma gauche, un homme portant une moustache noire chuchote aux oreilles d'une grande fille qui pleure :

« T'aimes ton chat ?

— Oui, répond-elle d'une petite voix.

— Alors, dis-moi où est Sonia…

— Non… geint-elle, les yeux pleins de larmes.

— … ou j'te confisque ton matou !

— Non, s'il vous plaît. Non !

— J'le jetterai à la mer. Tu m'entends ? »

Elle pleure encore, baisse les yeux, puis me regarde. Qu'attend de moi cette grande asperge ? Comment s'appelle-t-elle d'ailleurs ? Pourquoi me fixe-t-elle comme ça ? Je ne l'ai jamais vue. Je l'entends marmonner des mots incompréhensibles, entrecoupés de quelques « oui », « non » ou encore « je ne dois pas ». Un combat fait rage dans sa tête. Soudain, l'homme à moustache perd patience, la secoue par les épaules et la brusque. La dame blonde hurle qu'il ne faut pas laisser de traces, jamais. Ces injustices me révoltent :

« Laissez-la tranquille ! » je crie, prise d'un élan maternel pour cette inconnue.

La pauvrette lève la tête, résignée, et semble prête à parler. Pour dire quoi ? Je l'ignore. Ça a l'air important en tout cas, alors qu'elle se libère ! Rien ne justifie de subir de telles violences. Elle entrouvre la bouche, mais un beau garçon à ma droite la fusille du regard. Elle se ravise immédiatement. C'est qui, lui ? Je ne l'ai jamais vu non plus.

Déçu, l'homme à la moustache se tourne aussi vers lui :

« Et toi ? Tu n'sais rien non plus.

— Non, rien, assure le beau garçon.

— Si t'es aussi dans l'coup, tu l'paieras.

— D'acc.

— J'te confisquerai les clés du hangar. Fini le bricolage, les tournevis, les marteaux et tes p'tits avantages. T'as pigé ?

— OK.

— Tout ce que tu aimes te sera interdit.

— Parle maintenant et on passera l'éponge », complète la dame blonde.

Le beau garçon déglutit avec difficulté mais ne bronche pas. J'observe chacun des personnages jouant cette étrange scène autour de moi. Spectatrice passive, je tente de comprendre une pièce de théâtre dont j'aurais raté le début.

« Où sont mes parents ? » dis-je tout haut.

Personne ne prête attention à moi. Pourtant, ils me manquent. Eux m'écouteraient. Je me sens lasse, lasse, lasse. Il me tarde de fuir, avec mon plan… Je ferai du cerf-volant. Non, je volerai. C'est un… C'est un… Oh ! Je ne sais plus ! Une goutte de sueur perle dans mon dos. Je me sens si stressée et fatiguée.

*

« Une dernière fois… tente la dame blonde. Louise, pourquoi es-tu rentrée si tard ?

— Je ne sais pas.

— Arrête de t'payer notre tête ! hurle l'homme à la moustache.

— Je ne me rappelle pas. »

Elle se gratte la tête, sceptique.

« Tu as des traces de terre sur ta robe. Simon, sur son pantalon… Pourquoi ? »

Surprise, je constate l'état déplorable de mes vêtements. On m'avait aussi caché ça. Le beau garçon vient à ma rescousse et répond :

« Louise et moi…

— Oui ?

— … Euh, on a fait l'amour. »

La dame blonde s'esclaffe nerveusement.

« À votre âge ? Allons…

— Nous avons quand même le droit, que je sache. »

J'admire son stratagème : la nouvelle, si énorme, fera diversion. J'aurais dû y penser moi-même.

« Oui, nous… sommes amoureux », je renchéris.

Un silence dure quelques minutes, une éternité. Nos tortionnaires se regardent, penauds.

« Ah ! Ben ça ! C'est le pompon.

— Je ne m'y attendais pas non plus, plaisante-t-elle.

— Et le mariage ? C'est pour quand, les tourtereaux ?

— Euh… Bientôt », répond le beau garçon.

La dame blonde, consternée, se rassure à voix haute :

« Heureusement, aucun risque de grossesse. »

Elle se gratte la tête en fixant le plafond.

« On prévient la famille ? anticipe l'homme à la moustache.

— Non, mieux vaut les préserver.

— Ces boulets sont irrécupérables.

— Oui. J'espère surtout que leurs petites manigances ne concernent pas la disparition de Sonia. Il faut quand même se résoudre à appeler la police. »

Le moustachu soupire, les mains croisées sous son menton.

« Ce n'est pas bon pour notre réputation, continue la dame blonde. Bref ! Ramène Juliette et Simon dans leurs chambres. Je dois parler à Louise, seule à seule. Il est temps de mettre fin à tout ça. Reviens la chercher dans vingt minutes. »

Ils sortent tous les trois.

*

« Seule à seule. »

Ces trois mots me réveillent, comme un électrochoc. Je reprends peu à peu mes esprits. Je... je... Est-ce que je deviens folle ? Qu'est-ce qui m'arrive ? Nom de Dieu, ce n'est pas possible ! Je ne vais pas bien du tout et prends conscience de ma chute inéluctable.

Un nom me revient cependant : Mme Stéphanie.

J'ai peur, car la directrice est la personne la plus froide, la plus dure, la plus intelligente du château, mais aussi celle qui aime le moins les enfants. Elle se dirige vers un placard et saisit un dossier qu'elle pose devant moi. « Louise » y est inscrit sur la couverture.

« Sais-tu ce qu'il y a dedans ?

— C'est mon dossier, je rétorque. Mes parents ne vous paieront jamais… »

Elle soupire.

« Pourquoi crois-tu être séquestrée ?

— Je… ne veux pas… rester ici.

— Moi non plus, tu sais. Surtout à cette heure. Quoi d'autre ?

— Je me souviens de mon enlèvement.

— Sans rire.

— C'était chez moi… Je me souviens d'une femme aux cheveux… châtains. Sa peau était recouverte de… taches de rousseur. Elle observait la scène en retrait. Je n'ai pas eu le temps de voir son visage. Je l'ai insultée. C'est tout ce que…

— … tu te rappelles, et depuis tu vis ici contre ton gré », complète-t-elle, comme si elle pouvait lire dans mes pensées.

Elle ouvre la fenêtre, aère et respire à pleins poumons. Dehors, au loin, les vagues se fracassent contre les falaises.

« Tu n'es pas seule, tu sais.

— On naît et on meurt seul.

— Sur terre, cinquante millions de personnes sont comme toi.

— Je vous l'accorde : nous sommes trop nombreux à souffrir sur cette planète…

— D'ici à 2050, on en comptera le triple.

— On peut tout faire dire aux chiffres.

— C'est la vérité, pourtant. »

Elle se plonge dans mon dossier et en lit quelques extraits.

« Tu connais la protéine p38-gamma ?

— Ça… se mange ?

— Non, il t'en manque. Ton hippocampe est endommagé.

— Désolée, je ne suis pas très fruits de mer non plus.

— J'admire l'énergie avec laquelle tu te bats, mais tu te trompes d'ennemi. »

La directrice ressemble à ces médecins qui s'expriment sans tact. Elle a dressé une barrière d'insensibilité que rien ne peut briser. Je la comprends… Ses enfants l'attendent sans doute, son mari aussi, elle doit rentrer entière et disponible pour son foyer. Elle n'a pas d'énergie supplémentaire pour les damnés qui vivent ici, ce bétail qu'elle expédie à la mort depuis son bureau, son portable et ses dossiers. À sa place, je privilégierais aussi ma famille. Mais l'empathie s'arrête là : c'est bien elle, mon ennemie.

« Comment te dire ? reprend-elle.

— Ne dites… rien…

— Des plaques amyloïdes voilent peu à peu tes neurones.

— Certainement, madame. »

Elle tourne quelques pages de mon dossier, en léchant ses doigts.

« Tes facultés cognitives s'amoindrissent, et tes fonctions exécutives aussi. Tu souffres de troubles de l'humeur et de la reconnaissance, d'aphasie ainsi que, parfois, d'apraxie lors de l'habillage. Nous avons constaté une augmentation de tes déambulations nocturnes et des désinhibitions des plus gênantes ces derniers temps.

— Mais qu'est-ce que ça veut dire ?

— Que tu ne pourras pas rester ici. Un jour, tu refuseras de te nourrir ou de t'habiller.

— Moi ? Refuser de manger… Et puis quoi encore !

— Ici, les gens restent tant qu'ils se sentent bien et autonomes.

— Au fait… J'ai faim.

— Tu comprends ? Nous ne pouvons pas gérer des gens comme toi.

— Je ne vous ai rien demandé. Escrocs !

— Calme-toi. Ce que je vais t'expliquer est important.

— … Bandits !

— Au début, tu avais cette volonté de t'en sortir. Tu pratiquais de nombreuses activités. »

Cette idiote pense que j'ai changé.

« Mais comment lutter contre ce qui te ronge ? Tu as combattu de ton mieux. »

Elle paraît émue ; je me sens soudain troublée.

« Laissez-moi partir alors… »

Elle soupire encore.

« Oui, tu vas partir.

— C'est… vrai ? J'ai hâte…

— Tu vas bientôt rejoindre ta dernière demeure.

— Ah, ça non ! Moi, je veux rentrer chez mes parents…

— Ce que je te dis ne t'atteint pas. Je le vois bien. Autant parler à un mur ! Mais il fallait que je t'annonce ma décision en face, par respect pour la personne exceptionnelle que tu as été. Nous avons tenté tout ce que nous pouvions pour toi. »

Je sens monter ma haine, une marée haute de violence. Elle croit que je comprends quelque chose à son charabia ? Elle me traite comme si je n'avais aucun avenir. Quand on veut piquer son chien, on l'accuse d'avoir la rage. C'est ce que disait mon père. Cette femme veut se débarrasser de moi et que je passe pour grabataire. Il faut que je parte vite. M'en laissera-t-elle le temps ? Il est presque minuit. Dans son regard se devinent une lassitude extrême et même de l'angoisse.

Quelqu'un frappe à la porte.

« Entre, Joël. Nous avons fini. Tu peux t'occuper d'elle. Merci.

— Allez, on file, dit-il en posant sa main trapue sur mon épaule. »

Je le suis, docile et perdue, vers ma dernière demeure.

*

Joël marche devant moi, vêtu de blanc. Ses hanches chaloupent. Je sais pourquoi il plaît tant aux femmes : tout chez lui respire l'animalité, la force aussi et une forme de beauté masculine ; des épaules larges, des avant-bras épais, sans oublier ses jambes que l'on devine solides sous le tissu. J'aimerais fuir, mais impossible de lui échapper. Dans ce couloir, il me rattraperait d'un geste. Ses grandes mains me broieraient comme un rien.

« Pas d'entourloupe, cette fois ? » me lance-t-il sans se retourner.

Nous traversons un long couloir et la peur me saisit soudain.

« Où sommes-nous ? je lui demande.

— Dans l'aile ouest. »

Je blêmis : cette partie du château est interdite d'accès. Les monos y dorment. La nuit, j'entends parfois leurs rires, leurs cris et des bruits de bouteilles cassées. Certains de mes camarades mal en point sont venus ici pour ne jamais reparaître. Sur une porte, une plaque dorée indique : « Docteur ». Une autre juste à côté : « Chambre froide ».

« Un toubib… travaille ici ? On me l'avait… caché.

— T'y es allée la semaine dernière, soupire Joël.

— Menteur ! »

Étonnamment, il ne réagit pas à ma pique. Je lui fais remarquer :

« Je te trouve… bien calme… ce soir.

— T'sais, ça m'fait bizarre que tu partes. Sans toi, j'vais m'ennuyer.

— Ah bon ?

— T'as pas écouté Mme Stéphanie tout à l'heure ? C'est fini. »

À nouveau, je me sens prise de vertiges.

*

Papa… Papa, où es-tu ? Viendras-tu me sauver dans ces couloirs glacials ? Que dois-je faire ? Tout m'échappe. Je ne reconnais plus rien.

Du haut de ton intelligence supérieure, que ferais-tu à ma place ?

Moi, plus je réfléchis, plus je me dis que tu as cessé de me chercher il y a longtemps, que tu m'as abandonnée à mon sort, dans cette obscurité. Comment pourrait-il en être autrement ? Je t'attends depuis des mois. Je t'ai cherché partout, dans le reflet des vitres, parmi les murmures du réfectoire et par-delà le chant des vagues. J'ai espéré ton retour comme celui d'un messie.

Ce soir pourtant, je ne crois plus en rien.

Non, c'est impossible…

Je refuse cette éventualité. Un père n'oublie pas sa fille, jamais, ou alors cet homme est un moins-que-rien… Dis, papa ! Tu n'es pas un moins-que-rien ?

Alors je ne dois pas désespérer. Quelque part, tu essaies sûrement de retrouver la petite que tu adorais tant, que tu cajolais entre tes bras et qui t'aime plus que tout.

Tu me retrouveras un jour.

J'en suis certaine.

Enfin peut-être.

Je ne sais plus.

*

« Allô ! continue Joël. Y a quelqu'un derrière ces yeux vitreux ? »

Le mono me serre dans ses bras, en sanglotant tout à coup. Mal à l'aise, je repousse son étrange affection, mais il me force, m'étouffe presque.

« J'me suis attaché à toi, t'sais. »

Je suffoque.

« Lâche-moi, brute ! Je ne suis pas comme toutes ces traînées avec qui tu couches. »

Il desserre enfin son étreinte et rit aux éclats, puis, comme si de rien n'était, reprend la traversée. Nous avançons plus loin encore vers l'inconnu. Aucune échappatoire. Derrière moi, il me pousse et bavarde l'air de rien, une main sur mon épaule :

« T'sais, on fait de notre mieux, moi et les autres.

— Je n'ai… aucune pitié… pour les gardiens de prison. »

Il soupire.

« Tu m'auras fait chier jusqu'au bout. Ça, c'est clair. »

Nous nous arrêtons au bout du couloir. Le calme me submerge. Une étrange atmosphère flotte. Des gens ont souffert ici. Je n'en ai aucune preuve : c'est juste une sensation, une intuition ou une impression de déjà-vu. Joël jette un coup d'œil à droite, à gauche, derrière lui, pour vérifier que nous ne sommes pas suivis. Je décèle dans son regard une lueur froide et inquiétante, qui m'effraie. Je repense aux mots de la directrice : « ta dernière demeure ».

Mon heure est-elle venue ?

Il sort un trousseau de clés et ouvre une porte grinçante. Soudain, je comprends toute la fragilité de ma situation : je vais mourir comme tous les autres, dans l'indifférence et le silence de ce trou à rats. J'ai tant redouté ce moment, ce jour où ils m'emmèneraient, et m'y voici. L'énigme des disparitions du château aurait-elle son explication ici, dans l'aile ouest ? Je n'en reviens pas : la mort m'a toujours semblé abstraite, lointaine, et mon esprit la niait comme une éventualité inconcevable. Des larmes coulent le long de mes joues.

« Pas déjà… Je suis trop jeune.

— Arrête ton cinoche et entre là-dedans », dit-il en bâillant.

Je refuse d'avancer, telle une bête flairant le danger. Je ne bouge pas, tétanisée, mais il me traîne à l'intérieur d'une pièce spartiate, seulement décorée de carreaux blancs. Ça sent l'humidité. Des tuyaux traversent la pièce de toute part. Au sol, une plaque en fer percée de petits trous ; sur le mur, une étrange barre soutient un grand disque métallique. On dirait un pommeau d'arrosoir. À quoi sert-il ? Joël pend peut-être les enfants par les talons à cet étrange appareil, les éventre avec un grand couteau de boucher et les vide de leurs entrailles comme des porcs ; sa force lui permettrait de pareilles horreurs. Le carrelage et la plaque trouée au sol facilitent le nettoyage. Oui, c'est évident : je suis dans un abattoir.

« Déshabille-toi, m'ordonne-t-il.

— Tu vas… accomplir… ta sale besogne, monstre.

— Tout va bien se passer. Avance ! »

Tremblante, je réfléchis en ôtant ma robe. Elle sent la transpiration accumulée lors de cette éprouvante journée. Pourquoi m'éliminer maintenant ? J'ai une hypothèse : ils n'ont pas pu obtenir de rançon, ma captivité dure depuis des mois, ils capitulent, je leur coûte trop cher.

« Grouille ! s'agace-t-il. Enlève aussi ta culotte.

— Pervers… »

Il me place sous l'arrosoir, ce mécanisme infernal relié à des tuyaux. Je recule d'un pas, mais – prévoyant ma réaction – il m'attrape et m'entrave. Va-t-il me gazer ? Je redouble d'efforts pour fuir.

« On n'a pas toute la nuit ! » gueule Joël en me faisant une clé de bras.

Il me plaque contre le mur ; ses mains sur mon corps me dégoûtent.

« Putain, arrête de bouger !

— Non, salaud… Non… »

Je gémis tandis qu'il appuie sur un petit bouton rouge encastré dans le mur. Au-dessus de ma tête, l'appareil couine. Ça y est, c'est la fin. Joël a un sourire en coin, satisfait, alors qu'une vapeur blanche se diffuse. Un bruit de gargouillis traverse la pièce. Je suis terrorisée, mais il me retient toujours d'un bras, à distance, craignant lui aussi d'être touché par la substance.

« Laisse-toi faire, j'te dis.

— Non… Non…

— T'y prendras même du plaisir. »

Je regrette de ne pas avoir fui à temps avec mon deltaplane. J'aurais au moins aimé savoir s'il vole et contempler une dernière fois la terre vue du ciel.

« Je ne veux pas mourir… »

La vapeur blanchâtre se transforme en gouttes, puis en un liquide chaud et transparent qui coule sur mon visage, mes épaules, mon dos, mes fesses, jusqu'à mes pieds.

« C'est brûlant ! » je hurle, les yeux fermés.

Qu'est-ce donc ? De l'acide ? Ça va me ronger la peau. Le liquide dégouline en continu, ça coule sur le carrelage et s'évacue par les trous du sol. Joël tourne une manivelle bleue devant moi. Ça tiédit.

Il me tend ensuite un petit bloc blanc qui sent bon les plantes, la menthe peut-être. Penaude, je l'attrape, mais ce truc glisse entre mes mains mouillées et m'échappe. Il le ramasse à mes pieds.

« Allez, ma pauvre », m'encourage-t-il d'une voix plus douce.

À un mètre de distance, le mono tient dans sa main un autre bloc blanc, identique au mien, et fait mine de se frotter avec, tout habillé, sous les bras, sur le ventre, partout sur son corps.

« Fais comme moi.

— C'est... rigolo, je m'étonne en l'imitant.

— Oui, v'là. C'est rigolo. »

Je frotte la pierre blanche contre mon ventre, qui mousse sur ma peau. Celle de Joël reste sèche sur ses vêtements. Quelle étrange matière. Il se frotte le dos avec la pierre blanche. Je reproduis ses mouvements en élève appliquée.

« Ça... fait... des bulles.

— Oui, v'là. Des bulles. »

À mes pieds, le liquide se teinte de noir et de rose : crasse, peinture et terre se dissolvent. Sous l'arrosoir de fer, le liquide transparent coule sans interruption. J'ouvre la bouche pour en boire quelques gorgées.

C'est de l'eau.

Propre et fraîche, et je ris de bon cœur : j'ai bien cru que j'allais y passer. Je me lave encore. Joël me regarde, d'un sourire gentil et triste à la fois.

*

L'eau chaude coule toujours sur moi. Soudain, la lumière s'éteint, une porte s'ouvre, des pas se rapprochent. Je sursaute et panique à nouveau.

« C'est quoi, ce bordel ? Je vais voir ce qui se… »

Mais un grand boum retentit et coupe en pleine phrase Joël, qui s'écroule au sol en gémissant. Quelques secondes passent. Que faire ? Il faudrait que je rallume, mais je n'ose pas bouger, toute nue comme ça. Il y a des ombres dans la pièce.

La lumière se rallume enfin, et Simon apparaît devant moi. À ses côtés, Juliette tient fermement à deux mains une grande casserole en fonte. Joël est à leurs pieds, évanoui. Ils le ligotent avec une corde.

« Waouh ! T'as une sacrée force, toi.

— Merci », répond Juliette.

Sous le choc, j'interroge mes copains :

« Comment vous avez fait pour entrer ?

— La clé du hangar ouvre toutes les portes du château.

— Un passe-muraille. Cet homme est un passe-muraille, complète Juliette qui me tend une serviette et des vêtements propres : une chemise rose, une culotte, une veste et un pantalon souple.

— La directrice veut se débarrasser de moi… Je ne peux plus rester…

— Raison de plus pour partir ce soir, alors. C'est ta dernière chance. »

Ils ne m'ont pas abandonnée. Je me jette dans leurs bras, en sanglotant.

« Arrête ! s'esclaffe Juliette. Tu es toute mouillée. »

Nous sortons et enfermons Joël à double tour. Le plan ? Préparer un sac à dos léger, quelques affaires et fuir vers la falaise. Le temps d'arriver, l'aube poindra déjà, m'assure Simon. Je hoche la tête, en totale confiance. Nous nous enlaçons tous les trois.

Il reste encore un espoir.

Je me penche au bord du précipice. À mes pieds, la falaise plonge à pic, sur une centaine de mètres ; en bas, les vagues paraissent toutes petites. Face à ce vide vertigineux, je reste calme et prends une grande inspiration d'air iodé. Sous mes yeux, l'océan se renouvelle à l'infini. Le soleil se lève à peine, projetant sur l'eau de fines rayures orangées ; le bon vent frémit et le ciel sans nuages annonce une journée paisible. Juste ce qu'il faut pour voler.

Juliette me rejoint et manque de tourner de l'œil.

« C'est haut ! Qu'est-ce que c'est haut », lâche-t-elle, pâle comme la mort.

Elle pose une main sur ses lèvres. De violents tremblements la saisissent à la vue des roches noires et acérées qui nous attendent sur le rivage en dessous. Elle vomit un jet de bile assez spectaculaire, et s'effondre par terre à genoux.

Chacun réagit comme il peut à l'approche de l'heure de vérité.

Pendant ce temps, Simon détache le deltaplane de la remorque du tracteur. J'accours pour l'aider. Un… deux… trois… On tente de le soulever une première fois. En vain, il est si lourd. Finalement, c'est avec Juliette que nous traînons, sans trop de dommages, l'oiseau de fer à trente mètres du précipice environ. La pente devrait donner un élan suffisant. L'aile est belle à voir, toute rose et réparée. La fierté du travail accompli m'envahit. Je m'installe dessous, enthousiaste, et enfile le premier harnais. Simon serre les sangles, la gorge nouée, et effectue un dernier tour de contrôle. Je ressens une lumineuse gratitude envers lui : malgré les déceptions, il reste près de moi, fidèle. Tandis qu'il resserre d'un cran le harnais à ma taille, j'attrape sa main, l'attire vers moi et l'embrasse.

Après quelques secondes, je le libère sans un mot. Il n'ose pas soutenir mon regard et continue à vérifier le matériel, sans dire ou hurler ce qu'il pense vraiment : qu'il a peur, que c'est une folie, que tout cela n'a aucun sens et que j'en mourrai. J'apprécie son silence. J'ai accepté qu'il soit présent lors du décollage à trois conditions : pas de scènes larmoyantes, pas de remontrances et pas de doutes exprimés. J'ai besoin de concentration et ne saurais supporter les angoisses des autres.

Il a raison. Ce vol me tuera très certainement, mais l'essentiel est ailleurs. Si près du but, je suis heureuse comme jamais. Au château, mes camarades et les monos accordent si peu de valeur à la vie qu'ils préfèrent survivre – cloîtrés dans leur quotidien minable – plutôt que de prendre le moindre risque. Sucreries, aventure, liberté… Ils abandonnent tout au nom de la sacro-sainte santé. Je les déteste aussi parce qu'ils ont le pouvoir de se contenter du présent, d'un toit, d'un lit, de repas chauds, de quelques sorties à la plage et d'une projection de film hebdomadaire. Moi, il me faut toujours plus.

J'appelle Juliette :

« Tu viens ? »

Elle met un genou à terre.

« Je ne veux pas, se lamente-t-elle. Je ne veux pas ! Tu as vu la hauteur ? C'est de la folie ! De la folie ! »

Simon et moi nous regardons d'un air entendu.

« Tu ne peux plus… faire… marche arrière. Tu as assommé Joël, ainsi que Sonia…

— Je sais », se résigne-t-elle.

De mauvaise grâce, elle me rejoint sous l'aile du deltaplane. Je serre fort dans mes bras sa grande carcasse charpentée, abritant un esprit si fragile.

« Viens avec moi, je lui répète à l'oreille.

— Tu ne sais même pas voler, sanglote-t-elle.

— On va le faire… ensemble.

— Si ça se trouve, Sonia avait raison : tu es folle. Moi, ce que je voulais, c'était passer du bon temps, m'amuser avec des amis, quoi ! On s'ennuie tellement ici. Mais avec toi… toi… les idées fusent. On rigole. Ah oui ! Ça, on rigole ! Les autres te critiquent, je le sais, mais ils ont tort, ils ne te connaissent pas comme moi. Non, tu es une belle personne.

— Il faut savoir. Je suis folle ou je suis… une belle personne ? »

Elle m'agace. Pourquoi me parle-t-elle de ça maintenant ? Il faut partir, et vite. Les monos peuvent débarquer à tout moment. J'ai trop souvent échoué dans mes fuites en sous-estimant la rapidité de leur réaction.

Je tente de la raisonner :

« Calme-toi… Je n'ai pas le choix… Tu sais ce que m'a dit la directrice hier ?

— Non.

— Je vais te le dire : ils vont m'envoyer dans ma dernière demeure. »

Elle semble sous le choc.

« Quoi ? Les salauds ! Les salauds, murmure-t-elle entre ses dents, séchant ses larmes. Ils nous gardent tant qu'on est bien. Mais dès qu'on ne tient plus la route, à la première secousse, ils se débarrassent de nous. Ce n'est pas un château, c'est l'antichambre de la mort !

— Au prix que ça coûte, en plus », commente Simon.

Elle se relève, le visage transformé par la colère. Comment fait-elle pour changer d'état comme je change de chemise ? Elle m'étonnera toujours.

« Je pars avec toi, tant pis, dit-elle. Tu as raison : on ne peut plus revenir en arrière. »

Je vérifie toutes les poches de mon sac à dos, qui contient une tenue de rechange, des vivres, une lampe, trente euros donnés par Juliette, un couteau suisse, une boussole et une carte.

« Tu prendras soin de mon chat ? demande-t-elle à Simon.

— Pour la millième fois : oui, ne t'inquiète pas. »

Il attache le deuxième harnais à sa taille, tandis que je lui explique la manœuvre qui me revient d'instinct en mémoire.

« Le plus vite possible, tu dois courir… avec moi vers la falaise, de toutes tes forces, sans t'arrêter et sans réfléchir. On doit serrer fort le trapèze toutes les deux. Il suffit de donner l'impulsion initiale. Tu comprends ? Les roulettes porteront le deltaplane pour nous. »

En vérité, je n'ai jamais volé, mais j'ai l'impression de savoir. Un bonheur presque hormonal me saisit sous cet aéronef rafistolé, comme si j'étais dans mon élément. Est-ce le souvenir de mon père et de ses avions ? Non, il y a autre chose... Un souvenir heureux sur lequel je ne parviens à mettre aucune image ou phrase. Une brume assombrit ma mémoire ; un trou noir absorbe mon âme. Où sont les aimés que la vie exila ? Ils sont peut-être déjà morts il y a longtemps sans que je le sache.

Je termine mes explications :

« Au bout d'un moment on sentira une pression venue du ciel... une portance... comme si quelqu'un nous soulevait par le haut. Tu vois ? Il faudra alors se pencher en avant, mais tu ne dois pas m'empêcher de le diriger. »

Plus je parle, plus elle devient blême. Simon nous tape sur les épaules et nous tend deux casques de vélo qu'il a peints en rose.

« On ne sait jamais », murmure-t-il, ému.

Sa sollicitude me touche, si inutile soit-elle. Il les enfonce sur nos têtes, ce qui nous donne un style assez loufoque. Quelle fine équipe : deux gamines sous l'aile d'un delta rose avec deux casques assortis, l'une inconsciente et l'autre terrorisée.

« Adieu.

— Adieu », je lui réponds.

*

Face au précipice, Juliette tient le trapèze du delta entre ses mains tremblantes. Je me place à sa gauche et m'y accroche aussi. Nous devons bouger en même temps, sinon impossible d'avancer. À quelques mètres, Simon nous observe en faisant des signes d'au revoir.

« Trois… Deux… Un… C'est parti ! »

Je m'élance, trébuche, me rattrape de justesse. Cette idiote n'a pas bougé d'un iota. Dans cet exercice, la synchronisation se révèle capitale.

« Il faut courir… Allez ! »

Malgré plusieurs tentatives, Juliette reste immobile comme un caillou.

« Je ne veux plus », lâche-t-elle soudain d'une petite voix.

Des envies de meurtre me viennent : elle a encore changé d'avis ! Pour la faire avancer, je pousse et serre d'une main sa nuque de chienne effrayée.

« Allez… Un pas devant l'autre ! Cours !
— Arrête, je t'en supplie, renchérit-elle en s'effondrant au sol. Il ne faut pas ! Non, c'est n'importe quoi. Dans quoi tu m'as entraînée ? Je suis… »

Un bruit de klaxon coupe notre début de dispute.

À cinq cents mètres environ, une voiture blanche se rapproche ; à toute allure, elle roule sur le chemin de terre menant à la falaise. Elle cahote, saute dans les bosses et patine. D'ici à quelques minutes elle sera là.

« Zut ! je souffle. Ils nous ont déjà retrouvés…
— Hé ! Arrêtez vos conneries, crie Simon. Fuyez ! »

Je m'élance à nouveau, mais Juliette nous bloque encore, tétanisée.

« Relève-toi.
— Non, je dois te sauver la vie.
— Traîtresse…
— Même si tu m'en voudras, une fois encore. »

Au loin, l'automobile s'embourbe dans la boue, et s'arrête à deux cents mètres de nous. Plusieurs personnes en sortent : la directrice, deux monitrices que je ne connais pas et Joël qui tient un bloc de glace sur sa tête.

« Stop ! Bande d'abrutis ! crie ce dernier.

— Dites-moi que je cauchemarde, hurle la directrice. Rattrape-les ! Si elles sautent, on n'aura plus qu'à fermer boutique et on sera tous au chômage. »

De mon côté, je lutte de toutes mes forces contre Juliette, recroquevillée au sol. L'aile se tend sous nos pressions contraires : je pousse vers la falaise, elle me retient sur terre. Je la gifle, mais cet âne rétif refuse d'avancer. Comme ultime recours, je tente de l'apitoyer :

« Je t'en supplie, cours avec moi… »

Mais cela n'a pas plus d'effet. À ces mots, elle s'accroche plus encore au sol, déterminée à m'empêcher de partir. Tout est perdu… Nous avons moins d'une centaine de mètres d'avance sur Joël désormais, qui se rapproche à grande vitesse.

Je n'ai plus le choix.

Dans mon sac à dos d'écolière, j'ouvre la poche latérale et sors mon couteau suisse. J'envisage de le planter dans le cœur de Juliette, mais ce serait une perte de temps. Dans l'urgence, l'efficacité prime. En deux coups secs, je coupe les sangles qui la rattachent à l'aile du deltaplane et qui nous relient. Elle crie « non », sans conviction, et tente de me retenir. Je commence à courir, libérée, et la piétine ; cette garce le mérite.

« Pardon, me supplie-t-elle. Pardonne-moi. »

Une dernière fois, elle s'accroche à mes chevilles. Je lui donne un coup de pied dans le menton et elle s'écroule, K-O. J'ai enfin la voie libre pour décoller. Joël n'est plus qu'à vingt mètres. On dirait un sprinter aux Jeux olympiques, soufflant comme un buffle. Dans cette course, je n'ai pas dit mon dernier mot. Je fonce vers le précipice, un grand sourire aux lèvres. Je me heurte d'abord à l'inertie ; je peine à démarrer, mais il ne m'attrapera pas cette fois, je m'en fais la promesse. Je crois entendre un rire nerveux et assez inquiétant. Est-ce le mien ?

La directrice aboie :

« Attrape-la, nom de Dieu ! »

Les deux monitrices courent aussi, loin derrière ; l'une a les mains sur la tête, l'autre les bras en l'air. Joël n'est plus qu'à quelques mètres. J'entends son souffle dans mon dos. Il tend la main pour m'attraper : le bout de ses doigts frôle mon épaule. Zut ! Il va m'avoir… Pas maintenant, pas encore… Plutôt me jeter tête la première dans le vide.

Tout est perdu.

Soudain, à quelques centimètres de moi, il s'écroule. Je me retourne une seconde sans m'arrêter. À ma grande surprise, Simon a plaqué Joël aux jambes à la manière d'un joueur de rugby.

« Je t'aime, Louise ! hurle-t-il en protégeant son visage des coups de poing du mono. Fonce ! »

Il vient encore de me sauver, je ne l'oublierai jamais.

*

Ainsi débarrassée de Joël qui tente de se relever, en rage, je continue ma course. Il ne reste que quelques mètres avant le grand saut. Une angoisse nouvelle me gagne : le manque de vitesse. L'aile devrait se gonfler et se tendre. Pour l'instant, elle ballotte, morne, au-dessus de ma tête, malgré tous mes efforts et mes jambes douloureuses. Il ne reste que quelques mètres avant le précipice. Peu m'importe… Ça passe ou ça casse. *Alea jacta est.* Mon sort ne dépend plus de moi.

La pente m'aide, mais je suis faible, frêle, sans ressort. Mon acharnement ne suffit pas : je tomberai dans la mer et m'exploserai en mille morceaux sur les rochers. On retrouvera mon corps fracassé sur le sable, rongé par les poissons. J'ai déjà vu ces images dans un documentaire à la télévision : les crevettes dévorent d'abord les yeux. Il paraît que c'est ce qu'elles préfèrent. Si je n'accélère pas, je finirai comme ça. Allez, Louise ! Bats-toi.

Je donne un dernier coup de collier, puisant dans des réserves insoupçonnées. Je lâche tout ce que j'ai. Je sens le goût du sang dans ma bouche. Mes genoux couinent presque.

Le ravin est là et l'aile ne me porte toujours pas. Je dois reconnaître ma défaite. Je vais sauter dans le vide, mais l'expression exacte serait plutôt : je vais me suicider. Simon et Juliette ne seront pas trop punis. Si je meurs, on n'osera pas les accuser. Je regarde l'horizon au loin. Après tout, c'est peut-être mieux ainsi. Je suis lasse, lasse, lasse.

Tête la première, je saute dans le vide en fermant les yeux, une dernière fois.

Je chute, sans regret.

Mon cœur s'arrête de battre durant quelques mètres. Le sang cesse d'irriguer mon cerveau. Mon ventre me chatouille, comme quand je montais dans les montagnes russes de la fête foraine avec maman et papa. Ma vision se floute, ses bords se restreignent.

Je reste très lucide, concentrée : où ai-je développé un sang-froid pareil ? Les rochers se rapprochent à toute vitesse mais j'affronte la mort tête la première, souriante. J'ai tant prié le bon Dieu pour qu'il me rappelle à Lui, là-haut. Cette fois, mon vœu sera exaucé.

Mais un miracle se produit.

L'aile se tend soudain à la manière d'une voile de bateau et je m'élève petit à petit. Ma trajectoire se stabilise. En position horizontale, mon harnais coulisse. J'appuie à droite du trapèze, le deltaplane tourne à droite ; j'appuie à gauche, il tourne à gauche. C'est si simple, si naturel : je plane.

Euphorique, je hurle, libérée des angoisses de ce monde, et admire le panorama. Quelques mouettes, ces copines d'évasion, volent à mes côtés. Le soleil m'éblouit, ses rayons jaunes se reflètent sur la mer, les vagues bercent mon voyage, un vent marin fort souffle, sifflant contre la falaise et dans mes oreilles.

Depuis tant de semaines, tant de mois, tant d'années, je cherchais à m'enfuir. J'ai tout tenté : chaparder le vélo de Joël, faire de l'auto-stop, fuir en courant le jour ou la nuit, ramper dans les champs et même soudoyer un mono pour qu'il me dépose à la gare dans le coffre de sa voiture.

Et si je partais loin vers l'horizon, vers quelque pays exotique ? Après plusieurs heures, j'atterrirais sur une île paradisiaque. J'y rencontrerais de bons sauvages, plus gentils et civilisés que la société qui m'a abandonnée dans ce château, ce mouroir. Face à l'océan, je construirais une cabane en bois avec un toit en palmes, qui résisterait aux tempêtes. Je vivrais en mangeant des bananes, des poissons, du lait de coco et des fruits de mer. Ma vie passerait ainsi. On ne me retrouverait jamais. Je suis tentée, mais mes parents me manquent : je dois m'en tenir au plan.

Un courant ascendant m'emporte et me ramène vers la terre ferme.

À ma droite, la petite fêlure sur le trapèze m'inquiète ; malgré la soudure, j'y sens une vibration anormale. Pourtant, les réparations tiennent. Du moins, j'ai l'impression… Il me faut changer de direction. J'entame un virage, appuyant fort sur le trapèze. Le deltaplane m'obéit au doigt et à l'œil.

À une dizaine de mètres du sol, je repasse au-dessus de la falaise. Simon et Juliette m'adressent de grands coucous aux côtés de Joël qui me regarde, bras ballants, bouche ouverte.

« Elle va me rendre dingue ! crie la directrice en montant dans la voiture.

— Yahoooouuuuu ! »

La partie n'est pas encore gagnée. En bas, la voiture blanche démarre et me suit par la route. Il faut la semer. J'accélère. Dans mes mains, le trapèze vibre. À cette altitude, les bourrasques se font plus violentes.

Les champs de tournesols brillent d'une couleur chaude. À perte de vue, ils ondulent telle une mer terrestre.

Cette couleur jaune paille me rappelle quelque chose…

Le grand air réactive des souvenirs que je croyais perdus. Est-ce l'adrénaline ?

Tout à coup, je me rappelle le premier jour, celui de mon arrivée au château.

*

Une belle jeune femme m'accompagne, le visage constellé de taches de rousseur. Elle me tient par la main dans les couloirs, débitant un discours plein de remords.

Elle est désolée de ne pouvoir faire autrement : c'est devenu trop difficile de me garder à la maison. Elle viendra me voir toutes les semaines, autant que possible, même plus – « promis » –, avec son époux et les enfants parfois. Je ne dois pas lui en vouloir. Ça coûte cher, mais je serai bien ici. Je ne peux plus rester seule et enfermée chez moi en pleine ville comme une étrangère dans ce siècle. Tous mes amis sont morts. Je ne connais plus mes voisins. Il ne faut pas lui en vouloir, non, et puis il y a la mer pas loin ; l'établissement est bien noté. Un collègue le lui a recommandé.

Elle cherche surtout à se convaincre elle-même.

Moi, l'agneau qu'on mène à l'abattoir, je fixe le couloir sans un mot, absente, serrant fort son bras.

« Où sont mes parents… ? je lui demande, soudain.

— Maman, tu sais bien ! Papi et mamie sont morts il y a longtemps.

— C'est impossible… Vous mentez…

— Je… je craque. »

Elle sanglote en me conduisant à ma future chambre.

*

La couleur des champs de tournesols me rappelle la visite de cette femme, qui pleurait dans le parc l'autre jour et qui me racontait son divorce. Je croyais à une ruse des monos pour me piéger. Pourtant… Pourtant, oui, c'était bien elle… C'est la même personne que je viens de voir en songe : ma fille.

J'ai même oublié qui était mon enfant.

Comment ai-je pu perdre le souvenir de celle à qui j'ai donné la vie, que j'ai fait grandir de mon amour et qui vivra après moi ? Elle hantait aussi les cauchemars de mon kidnapping.

Ce n'est pas une vie… Je traverse le ciel, telle une folle ou une sorcière. Au choix. J'aimerais redescendre, faire demi-tour, plonger dans la mer et mourir. Tous ont essayé de me prévenir : Juliette, Joël, Sonia, Simon… Mais je n'écoutais pas, bercée par mes illusions. Ce que j'ai pu être têtue… J'ai honte. J'ai si honte. J'ai fait prendre des risques inconsidérés à tout le monde.

*

Dans la cuisine de mon ancien appartement, un homme grand, tout vieux, se débat sous mes yeux, allongé au sol. Il souffre. Sa main sur sa poitrine tremble. Le visage déformé par la douleur, il jette vers moi un regard implorant.

« Louise, appelle… appelle les secours », gémit-il.

Debout devant lui, je ne bouge pas. Je le regarde sans rien faire, car je ne comprends rien : appeler quoi ? Quelle Louise ? Pour quoi faire ? C'est ce que je me répète.

Les yeux pleins de larmes, il me tend la main, mais je ne reconnais plus l'homme de ma vie. Aucun souvenir de notre rencontre au bal dans nos jeunes années, ce soir où il m'avait tant plu avec son costume gris et ses cheveux gominés, tirés en arrière. J'ai oublié son parfum musqué qui me rassurait tant, notre mariage à l'église, nos cinquante ans de vie commune et même notre enfant.

Au lieu d'appeler les pompiers ou une ambulance, je m'en vais, le laissant agoniser par terre ; je l'entends s'étouffer dans la cuisine et s'éteindre entre quelques râles dans un désespoir absolu. Moi, pendant ce temps, tranquillement assise sur le canapé du salon, je me demande ce que je fais là.

Mon abandon l'a tué, plus encore que son attaque cardiaque.

Je suis une moins-que-rien.

*

Je survole le château et reprends mes esprits.

D'autres souvenirs remontent et me retournent l'estomac, bien plus que l'altitude. Pourquoi n'ai-je pas agi ? Je ne me le pardonnerai jamais… Suis-je une meurtrière, comme disait Sonia ? Pourquoi ces trous dans ma vie ? Pourquoi est-ce que tout me revient maintenant ?

Je savoure cet instant de lucidité et contemple avec douceur la bâtisse vue du ciel : qu'elle est belle ! J'aurais pu y finir mes jours paisiblement, sans peiner mes proches. On s'occupait bien de moi… Les champs de tournesols créent des courants chauds et je prends de la hauteur. Je dérive, sans but. Une bourrasque me frappe en pleine face. Le delta tangue. Le soleil m'éblouit.

Je me sens lasse, lasse, lasse…

*

Oh, mon Dieu ! Qu'est-ce que je fais dans le ciel ?

Suis-je en train de rêver ?

Que ce cauchemar cesse !

Quoique… Et si je saisissais cette opportunité pour rentrer chez moi ? Oui, bonne idée ! Je ne sais pas comment je me suis retrouvée en l'air, mais je vais m'enfuir. Comment ça marche, ce truc ? Peu importe.

« À moi l'évasion ! je m'égosille. Yahouuuuu ! »

Soudain, le vent se lève et j'entends un craquement.

La barre de contrôle dans mes mains se fendille, sans casser pour autant. Je sens la portance céder, la chute s'amorcer. Je tire sur la barre pour me redresser, en vain. L'accélération brutale m'effraie. Je fonce tout droit dans un champ. Tout est fini… Au moins, je ne retournerai pas dans ce château de malheur. Quelle tristesse… J'aimerais tant dire adieu à mes parents. Mon père serait fier que je meure en aviatrice. Cette idée me console.

Je prends encore de la vitesse. Je force pour corriger la trajectoire de cet appareil dont j'ignore le nom. Très légèrement, il se redresse, mais pas assez pour éviter la collision. Quelques instants, il plane à l'horizontale, parallèle aux champs de tournesols. Je frôle les fleurs et les feuilles qui fouettent mon corps. Je tire encore, les bras en feu. Rien à faire : je vais mourir, cette fois, le sol est là.

Au-dessus du portail en fer qui marque l'entrée du château, je lis sur un panneau « Les Alizées, résidence seniors » en une fraction de seconde, juste avant l'impact.

*

Je m'éveille dans un lit frais, qui sent bon le propre.

Impossible d'ouvrir les yeux, comme si on m'avait droguée. Mon corps flotte, indolore et amorphe. Dans mon nez, un tuyau en plastique gêne ma respiration. Le bruit sourd et répétitif d'une pompe à oxygène rythme le temps.

Des gens murmurent autour de moi. Des pas résonnent.

Et je me rendors.

*

« Docteur, est-ce qu'elle va… mourir ? » sanglote une jeune femme.

Je reprends conscience. Combien d'heures se sont écoulées ?

« On ne sait pas. C'est déjà un miracle. Elle a survécu à sa chute. Avec toutes ses fractures, je dois vous dire qu'elle ne marchera plus jamais.

— Mais se réveillera-t-elle seulement ?

— Peut-être… Quand elle le voudra. »

Un cri déchire la pièce. Cette voix si familière… J'aimerais me lever, prendre cette femme dans mes bras, lui dire que rien n'est grave et qu'il ne faut pas pleurer.

Mais je ne peux pas.

Une larme coule le long de ma joue.

Si seulement elle savait que je l'entends.

*

Les jours se suivent, identiques.

J'erre aux portes de la conscience et du rêve.

Le plus souvent, je dors. Des visites se succèdent dans ma chambre, sans que je puisse identifier ces anges qui prennent soin de moi. Certains me lavent avec douceur. D'autres plus brutalement. Quelques-uns me parlent. D'autres chantent.

Quelle étrange vie.

Moi, je n'ai que quelques souvenirs d'enfance auxquels m'accrocher.

Tout le reste n'est qu'obscurité.

Dans ce labyrinthe mortel, un parfum musqué et mentholé me revient, celui de mon père. Je me souviens : il devait venir me chercher à la sortie de l'école. J'étais la dernière à attendre devant le portail, avec mon petit sac à dos. J'avais peur qu'il ne m'oublie, qu'il ne m'abandonne, mais il est arrivé en courant, pressé et tendu, en retard à cause de son travail, comme toujours.

Je voudrais dire à ma mère que je l'aime, que tout ce qui me constitue vient d'elle. Son regard dégageait une bonté infinie, une puissance calme et tranquille que rien ne pouvait ébranler. Elle était unique.

Comment ne pas vouer à mes parents une reconnaissance éternelle ? Malgré les tourments, les peines et les déceptions, il ne reste à la fin que ceci : l'amour, et la certitude que cette vie, rare, précieuse bien que parfois détestée, en valait la peine.

Vais-je vraiment mourir ?

*

L'odeur de café chaud envahit ma chambre.

À voix basse, la jeune femme discute avec la directrice et Joël, mes tortionnaires.

Le ton monte.

« Cela n'aurait jamais dû arriver ! blâme la jeune femme.

— Louise a un caractère de cochon, m'dame. On n'a pas vu l'coup venir, répond Joël. J'vous assure ! Avec ses amis, ils s'cachaient dans un hangar. Ils préparaient leur plan comme des voyous dans *Prison Break*.

— Je les ai convoqués dans mon bureau, ajoute la directrice. Ils n'ont rien dit.

— C'est votre métier ! Vous devriez avoir l'habitude !

— Vous n'avez pas idée c'que c'est que d'gérer certains vieux. On dirait des enfants.

— Je ne veux pas le savoir. Je porterai plainte !

— C'est nous qui pourrions porter plainte contre vous, menace la directrice. Votre maman a enfermé une résidente dans une caisse et l'a bourrée de somnifères. Elle aurait pu en mourir.

— Quoi... Elle a vraiment fait ça ? »

J'entends un éclat de rire nerveux.

« Et c'est pas tout ! renchérit l'homme. Ils avaient aussi prévu une aut' place sur leur coucou. Heureusement, sa copine s'est dégonflée au dernier moment. Y aurait pu y avoir des morts, j'vous l'dis. Renoncez aux poursuites et on en reste là. »

Une cuillère broie le sucre au fond d'une tasse.

« J'peux vous poser une question, m'dame ?

— Dites toujours, répond la jeune femme, encore agacée mais résignée.

— Eh ben... Voilà ! Louise répétait tous les jours : "J'ai été kidnappée, j'ai été kidnappée." Avec les toubibs, on s'disait qu'elle avait vécu un truc, pour bloquer là-dessus comme ça.

— Oui, des malfrats l'ont enlevée quand elle avait neuf ans. Mon grand-père, un industriel connu dans la région, a payé la rançon pour la libérer, mais elle est restée prisonnière quelques jours. À l'époque, la presse locale en a parlé. Je n'en reviens pas qu'elle se souvienne de ça, alors que tous ses souvenirs plus récents ont disparu. Quelle affreuse maladie.

— On ne sait pas tout sur Alzheimer », reconnaît la directrice.

*

Plus tard, une nouvelle voix m'extirpe de mon sommeil.

« Tu es salement amochée… »

Je ne peux toujours pas ouvrir les yeux ni bouger.

« Je suis juste venu te dire au revoir. »

L'homme s'esclaffe avant de reprendre :

« Juliette n'a pas eu le courage de venir. Les remords la rongent. Elle pleure encore plus que d'ordinaire. Tu la connais ! Moi, je ne regrette rien ! Oh là là ! Je suis sûr que c'est ce que tu désirais. Oui, tu as vécu comme tu voulais et… on a… on a bien rigolé. »

Mais de quoi me parle-t-il ?

« Au revoir, Louise. Tu vas me manquer. »

Ses lèvres se posent sur mes lèvres.

Puis il s'en va.

Je t'aime aussi.

Mais qui es-tu ?

Je me rendors dans le bruit des bulles de la pompe à oxygène.

*

Une vive douleur me submerge.
J'aimerais hurler, mais aucun son ne sort.
Mon corps tressaille.
Des bips électroniques s'accélèrent.
Des gens accourent dans ma chambre.
« Augmentez la morphine. »
Je n'entends que cette phrase.
Puis une vague de bien-être me libère.
Je ne sens plus rien.

*

Mon père est là, il m'attend, avec ma mère et un homme en costume de marié. Ils me regardent tous les trois tendrement et m'adressent de grands signes. Quand les retrouverai-je ? Quelque chose me dit que c'est pour bientôt.

Mais pas encore.

*

Une main se pose sur mon bras.

« Ma petite maman », murmure la jeune femme.

C'est quoi, ces histoires… Ai-je une fille ? On m'avait caché ça ! J'aimerais ouvrir les yeux et lui expliquer son erreur, mais je ne peux pas : je suis prisonnière de mon corps.

« C'est fou ce que tu ressembles à mamie, continue-t-elle. Joël m'a dit que tu croyais la voir derrière ta vitre certaines nuits. C'était ton reflet… Seigneur, ce que l'âge fait de nous ! »

Elle caresse mon avant-bras.

« Ils vont t'emmener ailleurs pour mieux te soigner. J'espère que tu te réveilleras, là-bas. Je regrette tellement… Je t'ai abandonnée. Désolée. Les enfants et le divorce dévoraient tout mon temps, mais je viendrai plus souvent, c'est promis. À cause de ta maladie, tu ne te souvenais pas de mes visites. Même quand je venais trois fois par semaine, tu ne t'en rendais pas compte, tu oubliais. Ça ne changeait plus rien, que je vienne te voir ou pas, je me suis découragée. Joël m'a dit que les visites gardaient leur importance pour ta stimulation. Je ne sais pas si tu m'entends. Pour moi, tu es partie il y a longtemps déjà. »

Je voudrais qu'elle me parle toujours. Sa voix m'apaise.

« Je n'en reviens pas… Tu as repris les airs, reprend-elle. Toute ta vie, tu as construit et piloté des avions. C'était ton métier. Tu te rappelles ? Non, bien sûr… Le week-end, on prenait ton deltaplane et on partait ensemble à l'aventure.

Tu m'as appris à voler. Je trouve incroyable que cela te soit resté jusqu'au bout… Papi serait si fier de toi… »

Je l'entends pleurer. J'aimerais ne plus être un poids pour eux tous.

« Je… je vais y aller. D'accord ? Je viendrai te voir à l'Ehpad. Repose-toi ! Je t'aime, maman. »

Elle ferme la porte. C'est impossible… Je ne sais plus…

Je me sens lasse, lasse, lasse.

*

Quelqu'un entrouvre la fenêtre : j'entends le chant des oiseaux.

Que s'est-il passé ?

Nom de Dieu ! Ça y est, j'ai compris, les monos m'ont anesthésiée et droguée pour que je ne les dérange plus. Quand ? Sûrement pendant que je dormais… Les traîtres ! Il faut que je bouge un doigt. Un seul doigt. Si j'y parviens, j'arriverai à ouvrir les yeux.

Les salauds.

J'ai un plan. Je m'échapperai de ce maudit château. Ah, ça, ils ne me connaissent pas… Je suis une coriace.

Je trouverai une solution, une stratégie, et demanderai de l'aide à mes camarades.

Je m'enfuirai.

Je partirai.

Je n'abandonnerai jamais.

Remerciements

À celles et ceux qui ont lu ce roman en premier : du fond du cœur, merci !

Merci à Magali : je n'aurais pas pu rêver meilleure éditrice.

Merci à Caroline, directrice des éditions Belfond, à Valérie, directrice adjointe, et à toute l'équipe Belfond.

Les bons relecteurs sont rares, précieux. Amis, proches ou professionnels, je les remercie aussi :

Justine, pour son amour, ses retours toujours justes et son soutien sans faille, même lors des périodes de doute.

Ma mère, grande lectrice, et ses bons conseils sur l'intrigue.

Gaëlle, ma sœur, pour son sens des mots et des phrases.

Mon père, pour m'avoir donné sa détermination et la rage de persévérer.

Cyril, mon ami qui, en bon cartésien, soulève les incohérences que je n'aurais pas anticipées et grâce à qui Louise existe.

Mon confrère Lucas, pour sa relecture complète.

Jean, mon professeur particulier de littérature et ami cher, qui m'a formé sans s'en rendre compte durant des années.

Éditions Belfond,
92, avenue de France, 75013 Paris.
Pour le Canada,
Interforum Canada, Inc.,
1055, bd René-Lévesque-Est,
Bureau 1100,
Montréal, Québec, H2L 4S5.

ISBN : 978-2-7144-9829-8
Dépôt légal : mars 2023

Composition et mise en pages
Nord Compo à Villeneuve-d'Ascq

Pour plus d'information :
www.lisez.com
Imprimé sur du papier issu de forêts gérées durablement.

Achevé d'imprimer par
Normandie Roto Impression s.a.s.
61250 Lonrai (Orne)
N° d'impression : 2300483

Imprimé en France